ちくま文庫

パパは今日、運動会

山本幸久

筑摩書房

パパは今日、運動会

(株)カキツバタ文具社内大運動会　10月某日(日)

本書は二〇一三年六月、筑摩書房より刊行されました。
「カレシは今日、高尾山」は書下ろしです。

パパは今日、運動会

主な登場人物

［赤組］（ア〜ナ）……………………

井草《いぐさ》
営業二課
課長。通称イグッチ。気づかいの男。

岸谷小夜《きしたにさや》
営業一課
実行委員。入社2年めの22歳。おはぎ好き。

高城輝《たかぎあきら》
営業二課
入社12年めの32歳。体育会系。
女子の人気者。

千葉茂《ちばしげる》
総務部人事課
課長。社長ヨイショが命。社内の嫌われ者。

富田絢花《とみたあやか》
社長室
実行委員。秘書。高城輝と同期。艶っぽい。

西本雅司《にしもとまさし》
品質保証部
実行委員。入社1年め。草食系。

額賀靖春《ぬかがやすはる》
営業一課
入社8年めの30歳。女癖が悪い。

［白組］（ハ〜ワ）……………………

広川克也《ひろかわかつや》
生産部（八王子）
課長。37歳。強面で知られる。武藤と同期。

三好《みよし》
営業一課
通称泣き虫三好。デブ。仕事熱心のやさ男。

武藤猛《むとうたけし》
総務部庶務課
実行委員会委員長。37歳。
独身寮住まいでコスプレ趣味。

弓削直樹《ゆげなおき》
生産部（八王子）
28歳。工場のオバチャン達のアイドル。

渡部恒三《わたなべこうぞう》
生産部（八王子）
チーフ。皆勤記録保持者。見た目60超の52歳。

渡辺太一朗《わたなべたいちろう》
商品管理部
44歳。妻は伝説の元敏腕社員。千葉茂と同期。

綿辺良江《わたなべよしえ》
物流部（八王子）
専門学校卒で入社3年め。見た目は中学生。

亘鍋渉《わたなべわたる》
総務部庶務課
36歳。坊主頭に黒縁眼鏡のひねくれ者。

［家族］……………………

高城輝母《たかぎあきらはは》
58歳。元保母。プリキャラ好きで元気いっぱい。

広川恵《ひろかわめぐみ》
広川課長の娘。5歳。プリキャラ好き。

渡辺（矢波）夏海《わたなべ（やなみ）なつみ》
渡辺太一朗の妻。44歳。
伝説の元敏腕社員。息子の陸太は小6。

額賀泰子・遥《ぬかがやすこ・はるか》
額賀靖春の妻子。妻は大学同級生。娘は10歳。

09:30

親子デカパン

やべ、あくびがでそう。

高城輝《たかぎあきら》は下唇を嚙みしめ、必死に堪えた。

公園内にある小金井のグラウンドは、緑の芝生が生えた広場のようなものを想像していたが、そうではなかった。トラックもある立派な競技場だ。いまそこにカキツバタ文具株式会社の社員および派遣とパートを含めたほぼ全員が整列している。

うちの会社って、こんなにひとがいたんだな。

百名はくだらないはずだ。百五十名はいるだろう。

カキツバタ文具は本社が五反田の目黒川沿い、工場が八王子の山奥にあった。輝は営業二課の事務職で本社勤めだ。専門学校卒で就職し十二年が経つが、それでも工場勤務のひとたちで顔と名前が一致するのはほんのわずかだった。ここ数年、工場に足を運んだことがないのでやむを得ないことではある。

目の前に並ぶひとびとの七割方が真新しいスポーツウェアだ。今日のために慌てて新調したにちがいない。朝礼台の上に立つ社長もまたそうだった。でもなぜ真っ赤？　陽射しが反射して、眩しくてかなわない。目がチカチカするよ。

輝はニットジャケットにニットパンツだ。だれのよりも使い古され、すっかりくたびれている。元はターコイズブルーだったはずだが、いくら洗っても落ちない土ぼこりや泥がまじって、なんとも形容しがたい色になっていた。黄金虫がフンコロガシになったみたいよ、と母に言われたことがある。よくわからないが、あたっている気がした。

毎週日曜、卒業した高校でソフトボール部のコーチをしており、その際に着ているものなのだ。輝は現役時代はピッチャーをつとめ、キャプテンをしたこともあった。

「今日の運動会でですね、ぜひともおなじ職場で働く者同士の信頼関係を築き、えぇぇえ、なおかつですね、団結力を強めて頂ければと願っておる次第であります」

社長の声がマイクを通して、グラウンドに響き渡っている。数年前に父親である先代から社長を引き継いだ彼は四十代なかばだ。見た目は三十代で通用する。若々しいと言うよりも、いささか頼り甲斐がない。話し方もそうだった。説得力のかけらもない。本人からして、今日の運動会で信頼関係を築けたり、団結力を強めたりできると思っていないのがわかるくらいだ。

さっさと切り上げればいいのに、いつまで話すつもりだろ。

社長の挨拶がおわれば、つぎは輝の選手宣誓だ。そのために朝礼台の脇に控えている。

空が青い。青過ぎる。どこか嘘くさい青さだ。白い絵の具を筆で置いたような雲が、ところどころにぽっかりと浮かんでいるのがさらにそう思わせる。

ふたたびあくびがでかかり、輝は口の中を奥歯で嚙む。緊張してガチガチなのに、あくびがでてしまうのはなぜだろう。

会社のひとみんなの前であくびをしたら、あとでイグッチになに言われるか、わかったもんじゃないからな。

イグッチは営業二課長だ。輝の直接の上司である。社長よりやや年下のイグッチは、この春頃から加齢臭が漂うようになった。カキツバタ文具はオジサンの社員が多いので、輝は加齢臭など嗅ぎ慣れている。イグッチが困るのはそれを気にして、ここ最近、オーデコロンをつけてくるようになったことだ。しかもトイレの防臭剤のほうがマシという代物だった。面とむかって話すのはなるべく避けるようにしている。

社員はア行からナ行までが赤組、ハ行からワ行まで白組と分けられていた。はじめは部署ごとに分けようとしたのだが、これだと年齢にばらつきがでる。つぎに生まれ月に分けたところ、三月から五月までに集中していたのでこれも駄目、五十音順にすると年齢も男女比もわりかし均等になったらしい。

いま並んでいる列も五十音順だ。井草《いぐさ》課長はア行の先頭で、輝の立つ位置から十メートルも離れていない。目をあわさないようにするのに一苦労だった。風の吹くむきによって、ときどき微かにオーデコロンが匂ってくる。

「わがカキツバタ文具も来年で五十周年を迎えます。長引く不況の最中、今日までやってこられましたのも、ひとえに働くみなさんあってこそ」

まだつづくのか。もういいって。早いとこ、選手宣誓、やらせてよ。

朝礼台を挟んでむこうにいる武藤猛《むとうたけし》が視界に入る。総務部庶務課の彼は社内運動会の発起人だ。運動会実行委員会の委員長もつとめ、いまは開会式の司会進行役である。スポーツウエアではなく、水色のジャージを着ていた。胸に白い生地が縫い付けられ、そこにはマジックで『3-B武藤』と書いてある。袖と裾が異様に短く、肘と膝の部分がテカテカだ。

高校のときのでしてね、と開会式の前、武藤がだれかに話すのを輝は耳にした。先週、実家に電話して、おふくろに送ってもらったんです。

輝は入社してはじめの三年間、庶務課におり、先輩の武藤と組んで仕事をすることが多かった。調子がよくて何事もテキトー、そのくせ呑み会となると張り切る。ムードメーカーといえば聞こえはいいが、要するにいつまでも学生気分が抜けない彼の見張り役をやらされていたようなものだった。

まだ独身寮に暮らしてるし。

八王子の独身寮は工場で働く社員のために建てられたものだ。本社勤めの社員も数名、入居してはいる。ふつう十年もいれば、独身だとしてもでていくのが暗黙の了解だ。ところが武藤は十五年住んでいた。定年まで暮らすつもりかもしれない。

結婚する気ないのかも。

自分のことを棚にあげ、輝は余計なことを思った。

いけね。目があっちゃったよ。

武藤はにんまり笑った。いたずらが成功した子供のようだ。

高城、選手宣誓したことあるって言ってたよねぇ。

先週の金曜、武藤に廊下で呼び止められ、いきなりそう言われた。

それがどうかしました？

高校時代にソフトボールの都大会でだ。昔、その話を武藤にしたおぼえはあった。

うちの運動会でもしてくんないかな。頼むよ。

戸惑う輝をよそに、武藤はしゃべりつづけた。

原稿はあるんだ。おれが書いたの。ネットで検索して、いくつかピックアップしたのをつなぎあわせただけだけどね。

なにもあたしじゃなくても。

選手宣誓をだれにやってもらおうか、実行委員会のメンバーで話しあってね、全員一致で高城になったんだ。経験者ってこともあるけど、ここはひとつ、クールビューティーでスポーツウーマンのきみってことで。よろしく。頼んだよ。

グラウンドに並ぶみんなから拍手が沸き起こった。ようやく社長の挨拶が終わっていた。殊更《ことさら》、力強く手を叩くひとが輝の目に入る。総務部人事課の千葉《ちば》課長だった。ブラボーとでも言いかねない勢いである。

あんまり一生懸命、手ぇ叩くと、カツラがずれるよ。

「つづきまして選手宣誓。営業二課、高城輝さん」

「はいっ」

元気よく返事をする。朝礼台から降りてきた社長に、一礼をし、入れ替わりに登っていく。マイクスタンドの前に立ったときだ。目の端にピンク色の固まりが見えた。

え？　まさか？

井草の斜めうしろに立っているのはまちがいない。

母さんだ。よして、手なんか振らないでよ。それも両手で。勘弁してちょうだい。

「アキちゃん、アキちゃん」

開会式がおわった直後、母が駆け寄ってきた。今年五十八になる彼女はテニスが趣味で、いま着ているのはそのウェアだ。派手なピンクのジャケットにピンクのパンツ。まるで林家パー子だ。本人にそう指摘したことがある。

ちがうわよ。失礼しちゃうわね。これは『プリキャラ』にインスパイアされたの。

『プリキャラ』とは毎週日曜日の朝に放映している、女の子むけのテレビアニメだ。

人づきあいがよく、子供好きで、なによりも元保母さんだった彼女は時折、近所の知りあいの子供を家で預かることがあった。その子たちの影響で『プリキャラ』を見るようになったのだが、いまではどっぷりハマっていた。主題歌は三番まで唄え、決め台詞や決めポーズもバッチリだ。

だけどインスパイアって。意味がわかってつかっているのか、さだかではない。

「あなた、なに、その格好」

いきなりそう言われ、輝は面白くなかった。

「なによ」林家パー子には言われたくない。

「よくまあ、そんな汚い格好で、人前にでたわね。母さん、恥ずかしいわ」

「しようがないでしょ。これしかなかったんだから」

「だったら新しいの買えばよかったじゃない。みなさん、そうしているわ」

「いいのよ、べつに」

「よくないわよ」

「それより母さん」どうしてここにいるの、と訊ねようとしたときだ。

「すいません、そこ、いるとぶつかりますんで。ちょっと横に寄っていただけませんか」

玉入れの籠を運ぶ男に言われた。

品質保証部の西本《にしもと》だ。彼もまた他の社員と同様、新品のジャージだった。だけど上下ともに黄色ってどういうセンス？

母はなにを思ったのか彼に会釈をしてから、「高城輝の母でございます」としなくていい自己紹介をした。それも満面の笑みをうかべてだ。

「ど、どうも」

西本は立ち止まり、お辞儀を返した。戸惑っているのがありありとわかる。そして輝を横目で見てから、グラウンドのほうへ早足でむかった。

「アキちゃんには若過ぎるわね、あの子。線も細いし。いまいち頼りなさそう」

なにを評価しているんだか。

「ねぇ、アキちゃん。あたし、社長さんにご挨拶しにいこうと思うの。十年以上、あなたがお世話になっているんだから、一言くらいお礼を言わなくちゃね」

とんでもないことを言いだした。

「しなくていい」

「でも」

「いいってば」うっかり声を荒らげてしまう。

「おっきな声ださないで。みなさん、驚いているわよ」

母のうしろには青いビニールシートが敷かれていた。社員や派遣スタッフ、パートの応援席だ。座っているひともいれば、所在なげにうろついているひともいた。そのうちの幾人かが輝と母のやりとりを窺っているのがわかった。

「とにかく社長に挨拶はナシ。いいわね」

「わかったわ」母は肩を落とした。しかし切り替えは早い。「ねぇ、どこがいい？」と明るい声で訊ねてくる。

「どこってなにが」

「座るところに決まってるでしょ」母は左肩に担いでいる布製のトートバッグを、鼓のごとくとんとんと右手で叩いた。「お弁当もつくってきてあげたのよ。あなたの好きなメンチカツサンド。昨日の夜につくっておいたんだから」

それで夜中まで台所でゴソゴソやっていたのか。

ふだんであれば母は十時前には床につく。父などもっと早い。定年間近の彼は、つい数年前まで十二時すぎの帰宅がざらだったが、最近は七時には家にいるようだ。輝よりも遅いことはほぼなくなった。

荻窪の一軒家で家族三人、暮らしている。三歳年上の姉は、とうの昔に嫁いでしまった。

スピーカーから運動会にふさわしい軽快な曲が流れだした。それをバックにアナウンスが聞こえてくる。

「玉入れに参加する方は、入場門の前に至急、集合してください」

絢花《あやか》ママだ、と輝は気づいた。

社長秘書の富田《とみた》絢花である。輝の同期で同い年だ。本人たちにそのつもりはないのだが、社内ではふたりは永遠のライバルと言われていた。どちらがさきに結婚するか、賭けている不逞の輩もいるらしい。

落ち着いていて風格があり、銀座あたりにいる高級クラブのママのようだ。そこで輝は彼女のことを心密かに絢花ママと呼んでいる。

「アキちゃん。席、どうするの」

「こっち側は白組だから、反対側いかないと」

「っていうことは、あたしたち、赤組なのね」

　母がうれしそうに言った。

「今日が運動会だってこと、だれから聞いたの」

　赤組の応援席に腰をおろすと、輝は早速、母に訊ねた。

「だれからだと思う？」

　母は上目遣いで聞き返してくる。

「わかんないから訊いてるのよ」

　さっきのように声を荒らげないように、気持ちを抑えて言う。

「総務部の武藤さんって方が教えてくださったのよ」

　武藤さんが？

「あなた、玄関にケータイと財布を置きっ放しにしていったときあったでしょう」

　なぜいま、その話をする？　と思いながら、「先週の月曜ね」と応じた。

「それであたし、会社に電話したら」

　あっ、そっか。母はカキツバタ文具の代表番号にかけてきたので、総務部の庶務課に繋がったのだ。その電話を「お母様からだよ」と営業二課にまわしてきたのは武藤だった。

「はじめに武藤さんがでたのね」

「そうそう」

「そんときあたしと話す前に、武藤さんから今日のことを聞いたわけ？」

「あなたの部署に電話をまわすからって言われたあと、しばらく『エリーゼのために』が流れていてね。そしたらまた武藤さんがでて」

社内で席を外しているらしいんです。五分もあれば戻ってくるとかで。

「あとでかけ直しますと言ったら、来週の日曜、参加なさるんですかって、武藤さんが訊ねてきてね。はて、なんのことだろうと思ったから、聞き返したのよ。だってあなた、運動会のことなんて一言も言ってなかったでしょう？」

運動会のことどころか、輝は会社の話など家では滅多にしない。

「楽しそうねぇって、あたしが言うと」

ぜったい楽しいですよ、ぜひいらしてください。

武藤はそう言い、運動会の日時と場所、さらには自分が運動会の発起人であり、実行委員長だということまでしゃべったらしい。

「毎年あったのかしらと思って、訊いたわ。そしたら今年がはじめてなんですってねぇ」

「なんでそのこと、あたしに言わなかったのよ」

「言ったらあなた、くるなって止めたでしょ」

当然である。

「さっき、司会してたひとが武藤さんよね。声、聞いてもしかしてと思ってたら、胸に大きく名前があったもの。顔はまずまずね。あのひとに似てない？　一昨年の大河ドラマでさ、将軍の役、演ってたひと」

「見てないから知らないわよ」

一昨年のだけではない。日曜の八時に親とテレビを見たことは、これまで一度だってなかった。

「大河以外にも最近、あちこちによくでてるわよ。あぁあ、駄目だ。名前が思いだせない」

いいよ、思いだささなくたって。

「武藤さん、独身なんだってね」

「そんな話もしたわけ？」

「つかぬことをお伺いしますがって訊いたのよ」訊くなよ。「三十七歳だって」歳まで訊いたのか。「ちょうどいいじゃない」

「なにがちょうどいいの」

「あなたの旦那さんによ」

笑顔だが目は笑っていない。冗談ではなく本気で言っているらしい。

「独身だからって、カノジョいるかもしれないでしょ」

「いないって言ってらしたわ。ねぇ、どう？」

「いい加減にしてちょうだいよ。で、なに、母さん、自分が今日ここにくること、武藤さんに口止めしたわけ？」

「あなたを驚かしたいって言ったら、快く承諾してくださったわ。サプライズよ、サプライズ。驚いたでしょ、アキちゃん」

驚いたのはたしかなので、「そりゃまあ」と答えるほかない。

「大成功ってわけね」

母は両手でVサインをつくった。五十八歳にしては無邪気すぎる笑顔だ。

輝は文句を言う気が失せた。ふてくされてそっぽをむく。すると目の前に太鼓とラッパがでてきた。本物ではない。おもちゃのだ。しかもチャチで安っぽい。

「どうぞ」また西本だ。彼が差しだしていたのだ。肩にどでかいボストンバッグを下げている。中身はすべておなじもののようだ。「これ、応援するときにつかってください」

どうやら配って歩いているらしい。応援席ですでに持っているひともいる。

「ありがと」受け取ったのは母だった。

グラウンドでは玉入れがはじまった。赤白それぞれ二十人くらいか。だれもが照れ笑いに似た表情でいる。玉を投げていても、本気で籠に入れようとは思ってないようだ。とりあえずやっていますといったふうで、いまいち覇気がない。だらだらでグダグダだ。応援席も静かなものである。スピーカーから流れる軽快な曲が虚しいばかりだ。

そんな中、ただひとりだけ、必死なひとがいた。千葉人事課長だ。じっくり狙いを定め、玉を投げている。ある意味、一球入魂だ。ただし時間がかかるうえに、なかなか籠に玉は入らない。

「ねぇ、アキちゃん」母が輝の耳元で囁《ささや》く。「あのひと、カツラよね」

千葉のことだ。

「そうよ」

「どうしてあんなカツラだってわかるカツラをつけているの？　育毛だか発毛だか、もっと自然なヤツがいろいろとあるのに、あれじゃあ、わたくしはカツラでございますとアピールしてるようなものじゃないよ。ねぇ、どうしてよ」

「知らないわ」

「だれかが言ってあげたらどう？」

「言えるはずないでしょ」

千葉にむかって、輝が知る限り、カツラのことを指摘したひとはだれもいない。口が軽いだけでなく、悪くもある武藤ですら、人事を敵にまわしたくはないよ、と言っていたのを思いだす。

「アキちゃん、おぼえてる？」

うっさいなぁ、もう。

「なによ」口調がきつめになる。

「父さんの会社の運動会にいったときのこと」

「いつの話よ、それ」

「お姉ちゃんが小学校あがったばかりだったから、あなたまだ、幼稚園に入っていない頃」

「おぼえてるはずないでしょう」

「そうよね」と言って母は声をあげて笑った。「あなた、借り物競走でね。借りられたのよ。ピンクの服を着た女の子っていうんでね」

「ふぅん」ピンク、着せられていたんだ、あたし。

「借りにきた男のひとに、あたしがどうぞって言ったら、あなた、ママから離れたくないって泣きだしちゃって。しようがないから、あたしもゴールまで走ったわ。懐かしいわぁ」

輝はなにが苦手といって、母の思い出話くらい苦手なものはない。自分にまつわる話だとなおさらだ。からだじゅうがむずがゆくなる。それはまだいい。笑って話すくせに、母の目が寂しげになるのを見るのが、たまらなく嫌だった。いまもそうだ。

「父さんは？　まさかあとからくることないよね」

「誘いっこないでしょ。あんなひと」途端に母の機嫌が悪くなった。「それに今日、ここにきたのはね、父さんのことであなたに相談したいことがあったからだし」

「父さんのことで？　相談？　あたしに？」

今度こそほんとのサプライズだ。

「父さん、会社を辞めるのよ」

「だってまだ」父は母と同い年だ。定年までまだ二年はある。「リストラでもされたの？」

「希望退職だって言ってたけど、くわしくは教えてくれないのよ。おまえは知らなくていいことだって」

「辞めてどうするの？　再就職のあてでもあるわけ？」

「蕎麦屋、やるんだって」

予想外の答えに輝は言葉を失った。思考も停止してしまい、母の顔をまじまじと見ることしかできなかった。

「父さん、蕎麦の学校へ通っていたのよ。あなた、知ってた？」

輝は首を横に振った。

知ってるはずがない。父とは母よりも話をしない。この十年で会話した時間は三十分にも満たないだろう。

「蕎麦の打ち方はもちろん、蕎麦屋をどう経営するかっていうことまで教えてくれる学校で、あと三回だか四回いけば卒業でね。それがすんだら、今度は物件さがしをはじめて、遅くとも一年後には店を開くつもりだって」

「本気なんだ」

「本気も本気よ。退職金ぜんぶ、つぎこむって息巻いてるもの」

「母さんはいいの？　賛成してるわけ？」

「そんなはずないでしょ」母は頬を膨らませた。「自分勝手もいいところよ。挙げ句の果てになんて言ったと思う？　おまえも手伝えですって。あたしに蕎麦を運ばせるつもりなのよ。それだけじゃないの。これからは道楽をしている場合じゃない、テニスはやめなさいなんて言いだすんだから。どうかしてるわ」

母の言うとおり、どうかしている。

おなじ屋根の下でそんな計画が着々と進んでいたとは、思いもしなかった。

「父さんは三十年以上事務畑だったのよ。そんなひとが接客業なんてできっこないわ」

「それ、言ったの？　父さんに」

「言わないわよ。怒るに決まってるもん。アキちゃん、言って」

なぜあたしが。

「おまえは専業主婦で世間知らずだからって取りあってくれないのよ。そこへいくとあなたは十年以上、会社勤めしているんだし」

だからと言って世間を知っているわけでもない。むしろ知らないことのほうが多い。

「父さんにビシッと言ってやって。頼むわよ」

「お姉ちゃんは知ってるのその話？」

「昨日、メールを送っておいたけど、返事はまだきてないわ。でもあの子、どっちかと言えば父さん派でしょ。母さんは父さんの言うことを聞いていればいいのよって言うにちがいないわ」

姉には自分の家庭がある。亭主や子供のことで頭が一杯のはずだ。実家の揉め事など面倒このうえないだろう。できれば関わりあいたくないと考えているはずだ。結婚相手どころかカレシも満足につくれずにいる自分を輝は恨んだ。

「赤組優勢、赤組優勢ですっ。でもまだ時間はありますからね。白組、焦らず落ち着いてください。きちんと狙いを定めれば、玉はかならず籠の中に入りますよ。赤白どちらもがんばってくださぁあああい」

実況だか激励だかわからない絢花の声が、グラウンドに流れている。三十過ぎの女がだす声ではない。昔でいえばブリッコだが、それに玉入れの参加者、とくにオジサン共は心が動かされたようだ。それまでのダラダラぶりから、打って変わって、からだの動きが機敏になっていくのがわかる。

さすが絢花ママ。男心をくすぐるねぇ。あたしがおなじこと言っても、ああはならなかっただろうよ。

ひとが言うように、絢花ママをライバル視していた時期もあった。やることなすことすべて男に媚を売っているように見えて、気に入らなかったのである。しかし段々とそれも薄れていき、三十路《みそじ》を越えてからはそんな彼女が同志のように思えてきた。だからといって絢花ママと仲がいいわけでもない。ふたりでお酒を呑みにいくこともないけど、ランチにモスバーガーへいくことはある。

同志だ、同志。どんな志を同じくしているのかはよくわからないけど。

「おっと、白組が追いあげてきました。これはわからなくなってきたぁああ」

パアァァアアン。終了を知らせる銃声がした。

「はい、そこまでぇえええ。選手は座ってくださぁあああい。駄目です、千葉課長。いけません。もう投げないでください。入っても点数にはなりませんよ」

注意をされた千葉は、乱れた人工の髪を手櫛で直しながら、その場に腰をおろした。

「それでは玉を数えまぁあす。選手はもちろんのこと、応援席のみなさんもいっしょに数えてくださいねぇ。いいですかぁああ」

「はぁあああい」

だれよ、返事をしてる莫迦は。

輝は声のするほうに目をむけた。営業一課の額賀《ぬかが》だった。玉入れの籠の下で、体育座りをしている。

「やだもう、パパったらぁ。恥ずかしい」

おなじ赤組の応援席で、女の子の声があがった。額賀の娘だろう。

額賀は輝よりも年下である。三十になったかならないくらいだが、早婚で、娘は十歳になるはずだ。

「いきますよぉ。係のひと、準備はいいですかぁ」

絢花ママが言う係のひととは、籠の玉を一個ずつ放るひとだ。

「ひとぉおおつ、ふたぁあぁつ、みぃぃぃっつう」

赤白ふたつの玉が、ほぼ同時に青空にむかってまっすぐに飛んでいく。

「よっつぅう、いつつぅう、むっつぅうう」

となりで母が数えだした。それも周囲の目が注がれるくらいの大声でだ。

好きにさせておこう。

そう思いながら、輝は少しずつ母から離れていった。

「じゅうしち、ちょっとアキちゃん。じゅうはち、どこいくの。じゅうく。みんなといっしょに、にぃぃぃじゅ。数えなくちゃ駄目じゃない」

みんなといっしょにったって。

そう思ったものの、応援席でも声をあげて、数を数えているひとが増していた。

「にじゅうごぉ。アキちゃんっ」

はいはい、わかりました。

輝は母に従うことにした。

「さんじゅうぅぅはぁぁち」そこで歓声があがった。「さんじゅうぅぅしぃぃち、さんじゅうぅぅきゅうぅぅ」

青空にむかって玉がひとつだけ飛んでいる。

「一回戦は白組の勝利でしたぁぁ。おめでとうございますぅ」

絢花ママが叫ぶと、白組の応援席から歓声があがった。太鼓を叩き、ラッパを吹き鳴らすひともいた。

「あん、もう。一個差で負けるなんて」母が言う。本気で悔しがっている。「一回戦ってことはまだつづきがあるのよね」輝に訊ねてきた。鼻が膨らんでいるのは、興奮している証拠だ。

知らない、と言い返そうとしたときだ。覚えのある香りが漂ってきたことに輝は気づいた。

「三回戦であります」

うわっ、イグッチだ。彼は母のとなりにいきなりあらわれた。おなじ赤組なので、ここにいておかしくはない。

「だったらつぎは負けられないじゃない。アキちゃん、しっかり応援するのよ」と言ってから、母はイグッチに顔をむけた。「あなたも赤組ですよね。いっしょに応援しましょう」

「あ、はい」イグッチはしゃがんではいるが、お尻はシートについていない。「高城さんのお母様でいらっしゃいますよね」

「そうですけど」

　イグッチが名乗ったが、母はピンとこなかったようだ。

「あたしの上司よ」輝は短く言う。

「やだ、まあ」母は体育座りから正座になり、深々と頭をさげた。「いつも娘がお世話になっております」

「とんでもありません」

　イグッチが鷹揚《おうよう》に首を横にふる。輝にはそれがオーデコロンの匂いを振りまいているようにしか見えなかった。

「高城さんがいなければ、うちの課の仕事は、あっという間に滞ってしまうにちがいありません。その事務処理能力たるや社内随一です」

「うちではなんにもしませんのよ。自分の部屋だって、月に一度、掃除をするかどうかというくらいズボラで」

　余計なことは言わないでよろしい。

「今日は一日、楽しんでいってください。競技にもぜひご参加を」

「はい、がんばります」

　母がガッツポーズをとる。イグッチは笑いながら、「では」と立ちあがり、やや離れたところにいる営業二課の人間に声をかけ、そちらへむかった。たぶん部下ひとりひとりのところをまわって歩いているのだろう。気配りが性格というよりも、趣味のようなひとなのだ。毎年、彼は輝に年賀状を送ってくる。一度も返事を書いたことがないのにもかかわらずだ。

　玉入れの二回戦は赤組の勝利におわった。それも八個差でだ。

「よっしゃぁああ」

　雄叫びをあげる母に、赤組のみならず白組の応援席からも見ているひとが大勢いた。もう好きにしてちょうだい。

「いよいよ三回戦です。さてその前に、運動会実行委員会よりお知らせがあります。つぎの競技、『親子デカパン』に出場なさる方は、入場門にお集まりください。飛び入り参加も大歓迎ですので、ふるってご参加ください」

「親子デカパンってなに？　どんなの？」

　母が訊いてくる。

「さあ」そっけなく答えつつ、輝は嫌な予感がした。

「アキちゃん」母に右の手首をつかまれた。「あたしたち親子よね」

デカパンはほんとにデカいパンツだった。どれくらいデカいかといえば、足を通すべきところに、ひとがひとり入れるくらいだ。

輝はその片方に入っている。もう片方は母だ。ふたり並んで立ち、デカパンが落ちないようにその前を手で持っている姿は滑稽以外のなにものでもなかった。

「ねぇ、母さん」その必要はないと思いながらも、輝は声をひそめて言った。「まだこれ、入ってなくてもいいと思うよ。ほかのひとたち、だれも入ってないし」

ほかのひとたちとは親子デカパンの参加者たちだ。社員とその子供というペアが、入場門の前に溢れかえっていた。二十組はいるだろう。

「パパ、こっちこっち」「ヨーイチ、なにぐずぐずしてるんだ、早くきなさい」「うん、そうだねぇ。待ってよぉねぇ」「オトーサン、オシッコ」

騒々しくてたまらない。

「入ってなくてもいいんだったら、入っていてもいいんじゃない？」

母は涼しい顔で言う。彼女の視線はグラウンドにあった。玉入れの三回戦がおこなわれている最中だ。

「デカパンにはもう入っておいたほうがいいんですかね」

だれかが係のひとに訊ねているのが聞こえる。

「スタート地点に着いてからでかまいませんよ」

やはりそうか。

「母さん、これ、いまはまだ」

「アキちゃん、あのカツラのひと、なんとかならないの」千葉のことだ。「一生懸命なのはわかるわ。いいことだと思う。でもさっきから一個も籠に入れてないのよ。ヘタにもほどがあるわ。サッカーとかみたいに選手交替できないわけ?」

「知らないわよ。それよりね、このデカパン、スタート地点に着いてからで」

輝はその先をつづけられなかった。すぐそばで子供が泣きだしたからだ。

「いやだぁ、あたし、でたくないぃぃ」
四、五歳くらいの女の子だ。顔を真っ赤にして、人目を憚《はばか》ることなく涙をボロボロこぼしている。
「やりたくないよぉぉ。やだったらやぁだぁぁ」

彼女の前には巨体の男が背を丸め、しゃがんでいた。生産部の広川《ひろかわ》課長だ。いつもの強面とはまるでちがい、ほとほと弱り果てたといった顔つきである。ふだんは寝間着にでもしているような、衿や裾がほつれた緑色のジャージを着ていた。

「なにいまさら言ってるんだ、メグ」

広川の情けない声を聞き、親子の真後ろに立つ輝は思わず笑ってしまいそうになった。

輝は営業部のフロアで、広川が怒鳴り声をあげているのをよく目撃している。なんの前触れもなく、彼ひとりで営業部に姿を見せたときは要注意だ。おまえら営業部がなってないから、工場のラインが一本、停止しちまってるんだぞ。おいっ。

われわれも努力はしているよなどとだれかが言い返そうものなら火に油だ。どういう努力をしているのか、説明してもらおうじゃねぇか。

短くても一時間、長いときは三時間近く、営業部に居座る。

「やろうよ。やればきっと楽しいぞ。なっ」

父親の説得は功をなさなかった。娘は「いやいやいや」とからだを振るばかりだ。彼女は母のよりも濃いピンク色のスウェットを着ていた。ピカピカの新品だ。胸のあたりにリボンを象《かたど》った模様がある。

「あの子、プリキャラの服だわ」

となりで母が呟いた。ちょっと羨ましそうでもあった。

「なんでいやなんだ。理由を言いなさい、理由を」

広川の口調は営業部の部長や課長を相手にするときと、変わりがなくなってきている。そんな訊きかたをしなくてもいいのに、と子供のいない輝でもそう思う。

「こぉわぁいぃぃ」

「怖くなんかない。ひとりで走るんじゃないんだ。トーチャンと走るんだから全然怖くない」

「お子さんが怖いって言ったのは、あなたのことじゃなくて？」

なに言いだすの、母さん。

広川が無言でふりむいた。怒っているのはあきらかだ。しかし母は動じるどころか、なおも言葉をつづけた。

「無理強いしたら、楽しいことも楽しくなくなっちゃうだけですよ」

「だれだ、あんた」

「すいません」思わず輝は詫びてしまう。「母です」

「もっと子供の気持ちを考えてあげたらいかが？」

母がなおも言う。

そりゃ、あんただよ。輝は胸の内で突っ込んだ。

「考えているからこそ、こうしてふたりでデカパンを」

広川が言いおわらないうちにメグちゃんは踵《きびす》を返し、玉入れがおこなわれているグラウンドにむかって、走りだしてしまった。

「こら、おいっ。メグッ。待ちなさいっ」

広川が娘のあとを追いかけていく。

玉入れは赤組の勝利におわった。母は自分のことのようによろこんでいる。

さていよいよ親子デカパンだ。輝は母とふたり、デカパンに入ったままで入場門をくぐった。

「本日、二番目の競技は親子デカパンです」絢花ママのアナウンスが聞こえてきた。「親子が大きなトランクスに入って走ります。ここはひとつ、日頃の仲のよさを見せつけていただきたいものですねぇ。あ、いま、手を振っているピンク色の方は開会式で選手宣誓をつとめました営業二課、高城輝さんのお母様だそうです。社員が親ではなく、子供なのはこのペアのみ。ぜひがんばっていただきたいものです」

「あなたも」母が肘で輝の脇腹をつついてくる。「みんなに手を振ったらどう？」

こうなればヤケだ。

輝はにっこり微笑み、大きく手を振った。

「アキラせんぱぁぁい」「かっこいぃぃ」

女子社員から黄色い声が飛んでくる。

「あなた、女の子には人気があるのね」

母が笑う。心の底から楽しそうだ。

こんな笑顔、ひさしぶりに見るよ。

「ねぇ、母さん」

「なぁに？」

「食べたことあるの？　父さんの蕎麦」

「ないわよ」母は手を振るのをやめた。「あるわけないでしょ」

「どうして？」

「だってつくってくれないもの」

「一度、つくってもらって、食べてみようよ」

「ぜったい、まずいわ」

「そんなのわからないよ。とにかく食べてみて、それが退職金をぜんぶつぎこむだけの価値があるかどうか、いっしょに考えよ」

「いっしょに？」

「そう、いっしょに」

蕎麦屋の話は輝も反対だ。でも父だって言い分があるにちがいない。話くらい聞いてあげなくちゃまずいよなと輝は思う。今夜だけではない、これからさきもだ。面倒このうえない。しかし広川の娘のように、いやだとだだをこねて逃げるわけにはいかない。

「そうね。いっしょに考えなくちゃいけないわね」母はふたたび輝の右手首を握った。「だって親子ですもんね、あたしたち」

11:00

大玉転がし

「アキラせんぱぁぁい、がんばってぇぇぇ」

綿辺《わたなべ》良江《よしえ》が声を張りあげている。

よくもまあ、朝早くから、あんな声がだせるよなぁ。

渡辺《わたなべ》太一朗《たいちろう》はあきれていた。綿辺とはエレベーターで乗り合わせたり、廊下ですれちがったりすることはときどきあった。部署が物流部で、漢字はちがうが、おなじワタナベであることも知っていた。だが口をきいたのは二十分前がはじめてだ。

　専門卒で入社三年目だって言っていたよな。

となると二十二か三だ。美人ではない。リスみたいな顔だ。胸はなく、お尻は小さい。中学生の、それも男の子のようだ。着ているジャージがえんじ色だからなおさらそう見える。目の保養にもならなければ、眼福とも思えない。

　太一朗は改めてグラウンドを見回した。ラッパや太鼓を鳴らして大はしゃぎだ。運動会の実行委員会が配っていたものである。委員であるおなじ部署の若手社員から、妙に長細いフッパをもらった。

なんて言ったっけ、これ。

どこかの国がいつだかのワールドカップのとき、応援でつかわれていたものであることは、サッカーにまるで興味がない太一朗でもわかった。

駄目だ、思いだせないや。

なんにせよ、とてもではないが吹く気にはならなかった。いまはとなりに置きっぱなしにしてある。

今日の交通費ってでるのかな。

太一朗は松戸のマンションに、妻と小学六年になる息子の三人で暮らしている。ここまでくるのに時間もお金もかかった。五反田駅までの定期はあるが、そこから武蔵小金井駅まで精算しなければならない。駅からここまで、バスにも乗った。六百円近く自腹を切ったことになる。帰り道、バスには乗らないにしても、交通費だけで千円を超えてしまう。

それだけではない。今日のためにスポーツウェアも買わねばならなかった。大学はテニスサークルだったので、当時つかっていたものをだして着てみたところ、パッツンパッツンだった。

それは捨てて、新しいのを買いなさいよ。ユニクロだったら安いわよ。

妻の仰せに従った。しかし安いとはいえ、四千円もの出費だった。靴も新調しなければならなかった。ＡＢＣマートでいちばん安いウォーキングシューズを買った。それでも三千円だった。これだけで月の小遣いの半分はなくなった。

「アキラせんぱぁぁぁい」

「駄目だよ、あのひと、赤組だろ。われわれは白組なんだから」

生産部の渡部恒三《わたなべこうぞう》が注意している。

せっかくワタナベが四人揃ったのだから、それぞれ自己紹介しようじゃないか、と言ったのは四人のワタナベの中でもいちばん年上の彼だ。五十二歳と言っていたが、見た目は定年をむかえていてもおかしくないほどの老けようだ。少年のような綿辺と並んでいると、親子というより祖父と孫である。

渡部が動くたびにカサカサと音がなる。レインスーツを着ているからだ。色は茶色、はっきり言えばゴキブリみたいな色である。登山をするときに着ているのなんだ、と訊いてもいないのに他のワタナベ達に話してくれた。

「いま走ってる白組のひと、顔は見たことありますけど、名前までは知りませんもん」

「おれだって知らないよ。でもそういう場合は、白がんばれと言っていれば」

「あっ」渡部の言葉を遮るように、綿辺が声をあげた。

高城輝が母親共々、ゴール手前で倒れたのだ。見事な倒れっぷりだった。

「アキラせんぱぁぁあい」

倒れた高城母子の横を、白組の親子ペアが通り過ぎていく。太一朗とおなじ商品管理部の人間だった。名前もわかる。しかしとてもではないが、声をだして応援する気にはなれない。

高城母子が起きあがった。ピンク一色の母親が足を挫《くじ》いたかなにかしたらしい。高城は母を支え、ゆっくりと歩きだした。

「やさしいなぁ、アキラ先輩」綿辺がうっとりとした表情で言う。「女のあたしでも惚れちゃいそうですよ」

高城母子がゴールに着くと、拍手が沸き起こった。綿辺はもちろんのこと渡部もだ。そればかりか「感動するねぇ。人間、最後まであきらめちゃいけないよな」などと言っている。

太一朗は苦笑しながら、今朝、買ったばかりの煙草をとりだし、空を仰ぎ見た。青い。青過ぎる。舞台の書き割りのような、どこか嘘くさい青さだった。

「商品管理部の渡辺さん。ここで吸っちゃ駄目ですよ」綿辺が太一朗に注意した。「喫煙所にいってください」

「それってどこに」

「さっき開会式で、司会のひとが説明していましたよ。あたし、煙草、吸わないんで、よく聞いてませんでしたけど」

渡辺も聞いていなかった。司会が庶務課の武藤だったことだけはおぼえている。

どうしても吸いたいわけではない。することがないのでやむなくだ。昔からそうだ。煙草なんて一度だっておいしいと思ったことはない。

プシュッ。うしろで妙な音がした。振りむくと、第四のワタナベがいた。総務部庶務課の亘鍋渉《わたなべわたる》だ。しゃがんで缶ビールの蓋をあけている。250、いや135ミリリットルの小さな缶だ。試飲用かもしれない。

坊主頭に黒縁眼鏡の彼は、表情があまり変わることがない。すべてを悟り切った顔である。まるでお坊さんだ。袈裟でも着れば、さぞ似合うことだろう。さきほどの自己紹介で三十六歳だといっていたが、十歳は若く見える。独身だからかもしれない。着ている服も若い。いま着ているのは、フードつきのパーカにハーフ丈のパンツだ。上下ともに紺色で、パンツは脇に太めの青い線が入っていた。肌が異様に白く見えるのは、服の色のせいか。

昔、こいつ、色黒だった気がするけどどうだろう。それにそうだ、チャパツにロンゲだったぞ。前は庶務課じゃなかったんだよな。企画開発部にいたはずだ。夏に短パンとビーチサンダルで会社にきたのも、こいつだったっけ。だれかに注意されると、おれ、サーファーっすから、と応えたという話も聞いたことがある。

「きみ、そのビール、自分で買ってきたの？」

「ちがいます。テントのとこで見つけました」

テントのとことは社長や重役、来賓の席がある場所のことだろう。運動会の本部でもある。親子デカパンはおわっていた。グラウンドではつぎの競技の準備がおこなわれている。

「いったらもらえるかな」

「どうでしょうか」亘鍋は首を傾げた。

「だったらきみは」

「だれにも断らずにいただいてきました」

表情を変えず、渡辺のほうを見ることもなく、亘鍋は缶に口をつけ、こくこくこくと小気味いい音をさせている。じつにうまそうだ。太一朗はついじっくりと見てしまう。

「どうしたんです、そのビィィルゥゥ」綿辺だ。飲酒を注意するのかと思いきや、そうではなかった。「自分だけ呑んでてずぅるぅいぃぃぃぃ。買ってきたんですかぁ？」

ぷはぁああと息をついてから、亘鍋はパーカのポケットからおなじサイズの缶をだし、

「はいよ」と綿辺にむかって放った。

「おっとととと」不意であったにもかかわらず、綿辺はうまく受け取ることができた。

「いいなぁ、綿辺くぅん」

渡部がうらやましがっている。子供だったら指をくわえているところだ。

「まだありますよ」亘鍋のポケットからもう一本、缶がでてきた。「投げていいですか」

「おお。かまわんぞ」

渡部も見事、缶を受け取った。

「ナイスキャッチ、渡部さん」と綿辺が誉め讃える。

「いります？」亘鍋が太一朗に顔をむけ訊いてきた。

「あるの？」

「どうぞ」

いままでのと反対のポケットから、缶がでてきた。息子の陸太《りくた》がまだ小さい頃、唄っていた歌を渡辺は思いだす。ポケットを叩くと中にあるビスケットが増えていくあの歌だ。

「乾杯しましょ、乾杯」そう言いながら綿辺が寄ってきた。「でもなにに乾杯すればいいかなぁ」

「それはやはり」綿辺のうしろをついてきた渡部がにやりと笑い、「我らワタナベ一族の繁栄を願ってだろう」

「それそれ。それにしましょ」綿辺は大はしゃぎだ。

「乾杯の音頭、とってくださいませんか」

亘鍋が渡部にむかって言う。

「それでは僭越ながらわたくしめが」

「缶の蓋、まだあいてませんよ」

太一朗の缶を見て、綿辺が注意してきた。

「あ、ああ」

「それでは我らワタナベ一族の繁栄を願って、乾杯っ」「乾杯っ」「カンパァァアイィイ」

スピーカーから流れる軽快な曲にあわせるように、四人のワタナベは喉を鳴らして、からだにビールを注ぎこんでいく。

「うまいなぁ、昼間の酒はぁ」渡部はご満悦だ。

「まだ昼じゃないですってぇ」綿辺は渡部の肩を軽く叩く。どんだけなかよしになってるんだ、このふたりは。「十時にもなってませんって」

「じゃあ、朝酒だ。はは。ははは」

「奥さんは今日、いらっしゃらないんですか」

なんの前振りもなしに、亘鍋が訊ねてきた。二口目を呑んでいた太一朗は思わずむせそうになった。

「ナツミちゃん、くるのかい？」

渡部が声をあげた。色めきたっているふうにも見える。

「き、きませんよ」

咳き込みながら、太一朗は答えた。

「どういうことです？」綿辺は亘鍋と渡部の顔を交互に見た。「おふたりは商品管理部の渡辺さんの奥さんとお知りあいなんですか」

「綿辺くん、知らんのかい。彼の奥さんは、うちの会社の社員だったんだよ。寿退社しちゃったけどな」

渡部が説明する。

ただしくは寿退社ではない。結婚してからもしばらく夏海《なつみ》は働いていた。辞めた理由は妊娠をしたからだ。そのときの子が陸太だ。

「おれ、以前、企画開発部だったんですが、矢波《やなみ》さんとは入社して最初の二年間だけ、ごいっしょさせていただきました」

感慨深げに亘鍋が言った。

「あ、ああ。そうだったんだ」

妻の話はしたくはなかった。できれば話題をそらしたい。なにかないかと考えているあいだに、渡部がさらに話をつづけてしまっていた。

「ナツミちゃんはすっごいひとだったよなぁ。『絶対安全カッター』に『エコエコボンド』、忘れちゃならない『ピッタンコペッタンコ』。うちのヒット商品の半分は彼女が企画したものだからね」

「チョーすごいじゃないですかぁ」

太一朗は缶に口をつけた。ビールはすでになくなっている。

いまでもカキツバタ文具の売上げの約半分は夏海が企画した商品だ。この不況下、今日、ここでこうして社員一同が揃い、呑気に運動会ができるのは、彼女のおかげといっても過言ではない。

そのうえ夏海は気さくな人柄だった。彼女の才能をうらやむひとはいても、嫌うひとはいなかった。姉御と慕うひともいれば、女神と崇めるひともいた。会社にいる当時、彼女が他人にむける愛情は均一だった。それが受け取る側によって、姉御だったり、女神だったりしたのだろう。そしてまた、だれもその愛情を独り占めしようとはしなかった。

ただひとり、太一朗をのぞいては、だ。

べつに独り占めしようと思ったわけではない。くどくつもりなどさらさらなかった。偶々《たまんま》、エレベーターで乗り合わせたとき、同期のよしみで食事に誘っただけだった。それもランチにだ。ところが彼女は、六時にはでられますから、と返してきた。

　やがて休日にもデートをするようになり、どちらかが告白することもなく、お互いを恋人と認め、そしてまたどちらかがプロポーズしたわけでもないのに、婚礼の日取りを決めていた。結婚をしても彼女は会社を辞めなかった。彼女がいなければ、会社が立ちゆかないから当然だ。

　子供も三年はつくらないと約束していた。ところが結婚後、二週間足らずで妊娠していることがわかった。彼女は切り替えが早かった。育児に専念すると妊娠八ヶ月で会社を辞めた。夏海が辞表をだしたとき、旦那さんに辞めてもらったらどう？　と当時の人事課長に言われたそうだ。彼女から聞いたのではない。同期である人事課の千葉茂《しげる》が教えてくれたのだ。彼はこうつけ加えた。

　おれもそう思うんだよねぇ。

　それが千葉のみならず、会社みんなの意向だったにちがいない。

「ほんとに、チョーすごかったんだよ。しかもメチャメチャ美人だった。彫りが深い日本人離れした顔でね。クォーターっていうのかい、母方のお祖父さんがイタリア人なんだよな」

　渡部が遠くを見つめながら、懐かしそうに言う。それはデマだ。彼女の母方も父方も生粋の日本人である。しかし太一朗は訂正せずに黙っていた。

「マジですかぁ？　会いたいなぁ。なんで今日、こないんですぅ？」

　綿辺が身を乗りだし、太一朗に訊ねてきた。

「し、仕事なんだ」

しまった。夏海が仕事していることを会社の人間に話したのは、いまがはじめてだ。綿辺のペースに乗って、うっかり口をすべらせてしまったことを、太一朗はひどく後悔した。

「日曜日も仕事なんてたいへんですねぇ」

綿辺の反応はその程度だった。ほっとする太一朗のとなりで、「矢波さん、仕事、なさっているんですか？」と亘鍋が声をあげた。はじめて表情が変わった。黒縁の中の目が丸くなっていたのだ。どうやら驚いているらしい。「どんな仕事を？」

「あ、いや、それは」

ひとの妻がなにしていようと勝手だろ。そう言えたらどれだけ楽か。

「よその文具メーカーにスカウトされて働いているとかでは」

「ちがうって。故郷の町おこしの手伝いをしている」

三ヶ月前からだ。毎週土日の二日間、泊まりがけで実家に戻っている。車で片道三時間かけてだ。平日の夜も太一朗が帰宅するとパソコンにむかい、忙しくキーボードを打っていることが多い。じつは仕事といってもお金はもらっていない。ボランティアのようなものだった。ガソリン代だって莫迦にならないはずだが、太一朗はそれを言わずにいる。

「故郷って、矢波さんのですか？　どちらです？」

亘鍋の問いには、太一朗ではなく、渡部が答えた。今度はまちがっていなかった。そして「ぶどうが名産だったはずだが」ともつけ加えた。

「ああ、はい。よくご存じですね」

「実家から送ってきたからって、わざわざ工場まで持ってきてくれたこともあったものなぁ」

「どうしてその仕事を？」なおも亘鍋が訊ねてくる。

知らないって。

「そりゃあね、きみ。歳を重ねると故郷が恋しくなるものなんだよ」渡部がしみじみと言う。

「ナツミちゃんもそうじゃないのかなぁ。うん。きっとそうだ」

いや、だからさ。亭主だって知らないのに、決めつけないでほしい。

元々、子供の手が離れたら、仕事をしたいとは言ってはいた。それがどうして故郷の町おこしなのかまではわからない。本人に訊けばいいだけのことだが、なんとなく訊きそびれてしまっている。たぶん、これからさきも訊くことはない、と太一朗は思う。

「ケータイに保存してないんですか？　奥さんの写メ」

綿辺の能天気な声で、太一朗は我に返った。

「ないよ」

ケータイで家族のことを撮らなくなった。小六の陸太も撮ろうとすると、よせよと真顔で怒る。そんな息子を運動会に誘ったりはしなかった。そもそも日曜日の彼は忙しい。朝早くから地元のサッカーチームの練習があり、それがおわったあとは塾へ直行しなければならなかった。家族の中で休日を持て余すのは太一朗だけである。

「だったら奥さんに連絡して、自分のことを写メで撮って送信するように言ってくださいよぉ」

なにを言いだすのだ、この子は。

「む、無理だって。仕事中だろうし」

「隠さなくたっていいじゃないですかぁ」

綿辺は頰を膨らませた。赤ら顔だ。これだけの量のアルコールで酔えるとはうらやましい。

「明日、企画開発部にいってみたらどうかな」亘鍋が言った。いつもの無表情にもどっている。「矢波さんが退社した日の写真が、ホワイトボードに貼り付けてある」

十二年前か。夏海が三十二歳のときだ。

町おこしをはじめてから、夏海は会社勤めをしていた頃に戻っている。若返り、所帯臭さも薄れてきた。

ママ、変わったね。なんだかかっこいいよ。

昨日、朝食時に、息子の陸太が妻にむかって言っていた。スーツ姿だったからというだけのことかもしれないが。

「ワタナべさぁぁぁん」

だれかが呼んでいる。四人のワタナべは一斉にそちらを見た。声の主は品質保証部の西本だった。

「どの部のワタナべですぅぅ？」

綿辺が聞き返すと、西本は小脇に抱えていたバインダーを手に持ち替え、そこに視線を落とした。

「生産部の渡部チーフです。つぎのピンポン玉運びに参加なさるはずなんですが」

「そうだった。特訓の成果を見せなきゃ」

特訓？　ピンポン玉運びの？

渡部は立ちあがり、レインスーツを脱いだ。その下には目にも鮮やかな黄色いTシャツを着ていた。胸にはピッタンコとペッタンコがプリントされている。カキツバタ文具の人気商品『ピッタンコペッタンコ』のさらなる売上げ増加を目指すため、三年前につくられたキャラクターだ。残念ながらいまだにその成果はあがっていない。それどころか消費者プレゼントとして製作されたピッタンコとペッタンコのノベルティは、倉庫に山と積まれたままである。

「いっちょ、いってくらぁあ」

渡部は入場門へむかって走りだした。

それから五分もしないうちに、ピンポン玉運びがはじまった。第一グループが威勢よくスタートしたはいいものの、数歩も走らないうちに、半分以上がスプーンから玉をこぼしていた。拾おうとして、となりの走者とぶつかるものもいる始末だ。渡部の出番はまだだ。だいぶうしろに並んでいる。

「あれってずるくありませんか」

そう言って綿辺が指さしたのは、人事課の千葉だった。

「二年前、課長に昇進したんだよな、あいつ」

同期ではいちばんの出世頭である。いま彼はピンポン玉をスプーンにのっけ、走りだそうとしていた。ひどいへっぴり腰である。

「落としたとこから数メートル先で拾って、そっから走るのはナシですよねぇ」

「たしかにそうだけど」と渡辺が言っているうちに、千葉はふたたびピンポン玉を落としていた。今度はうしろにだ。どうもこれでプラスマイナスゼロになりそうだ。

おたおたとする千葉の横を、白のゼッケンをつけた筋骨隆々の男が、競歩のような足取りで通りすぎていく。

「ユゲちゃぁああん」「素敵よぉぉ」「フレフレ、ユゲちゃん、がんばれがんばれユゲちゃん」

白組の応援席から、黄色い悲鳴があがった。金切り声といったほうがいいかもしれない。太一朗はそちらに目をむけた。平均年齢五十五歳以上のオバチャン達が一角を占めていた。強い陽射しを避けるために、日傘をさしたり、ツバの広い帽子をかぶったりしている。中にはサングラスに大きなマスクをかけているひとまでいた。

「弓削《ゆげ》ファンクラブですよ」

となりで綿辺が言った。

「弓削って、いま走ってる彼かい？」

筋骨隆々の男を横目で見ながら、太一朗は問い返した。

「そうですそうです」綿辺は何度もうなずく。ミニ缶一本で顔が真っ赤な彼女は、そうするとまるで赤べコのようだった。「あたしはああいうマッチョ系のひとってチョー苦手ですけどね」

生産部の弓削直樹《なおき》が、八王子の工場で働くパートのあいだでアイドル的存在であることは、太一朗も知ってはいた。彼が入社してからすぐファンクラブが結成され、丸十年経ったいまもなお、つづいていることもだ。しかしその人気を目の当たりにしたのは、これがはじめてだった。

「いまのうちに練習しておきましょ、ワタナベさん」

はたして綿辺が自分に言ったのか、亘鍋に言ったのか、太一朗には判断つきかねた。しかし亘鍋が無言でいたので、「練習ってなにを？」と問い返した。

「生産部の渡部さんの応援に決まってるじゃないですか。そっちの亘鍋さんもですよ。あたしが、せぇぇぇのって言ったら、がんばれ渡部さぁんって応援するんですよ。せぇぇぇの、がんばれ渡部さぁぁん」

太一朗と亘鍋は口を閉ざしたままだった。

「なんで言わないんですかぁ」

「心の準備ができていなくて。すまん」

綿辺に訴えるように言われ、太一朗は思わず詫びてしまった。

「しようがないなぁ。ひとりずつしましょうか。ではまず庶務課の亘鍋さんからですよ。せぇの、がんばれ渡部さぁぁん」

「がんばれ渡部さぁん」

亘鍋は素直に従った。酔っ払いに逆らってもしかたがないと思ったのかもしれない。

「まあ、合格としましょう。ではつぎ。商品管理部の渡辺さん」

こうなればやらざるを得ないだろう。太一朗は大きく息を吸ってから、「がんばれ渡部さぁぁん」と腹から声をだした。自分でも驚いてしまうほどの大きさになった。

「やればできるじゃないですか」

莫迦らしいと思いつつ、太一朗はちょっとうれしく思った。ひとに褒められるなんて、ひさしぶりだったからだ。会社でも家でもだ。

「あっ、ブブゼラ」

綿辺が横にある細長いラッパに気づいた。

そうだ、ブブゼラだ。

「いいもの持ってるじゃないですか、渡辺さぁん。隠さないでくださいよぉ」

隠していたつもりはない。綿辺はブブゼラを手にすると、気張って息を吹きこんだ。ところがである。息がもれるばかりでてんで駄目だった。

「あれ？　鳴らない」

「貸しな」

手をさしだす亘鍋に「吹けるんですか？」と綿辺が訊ねる。

「どうだろ。高校んとき、ブラスバンド部でトランペット吹いてたから、できるとは思うんだけど」

ブブゼラを受け取り、パーカの端で先を拭ってから、口にくわえた。亘鍋の頬がリスのごとく膨らんだかと思うとつぎの瞬間、ブォオオォオオと想像以上に大きな音があたりに響き渡った。

「すごぉぉい、亘鍋さんっ」

綿辺は小さく手を叩いた。渡辺も素直に感心する。ひとにはなにかしら特技があるものだ。はたして自分にはあるだろうかとも考えてしまう。

ないな。まるきりないや。

特技もなければ趣味もない。興味があるものもこれといってない。仕事もできなければ、女にももてない。やる気も覇気も熱意もない。目標も野心も向上心もない。文句も言わないし、余計な口だしもしない。

つまりは欲がないのだ。入社時には人並みにはあったものの、営業から外されたのがきっかけで、なくなってしまった。四十四歳のいまは皆無である。あくせく働くヤツらの気が知れない。ただぼんやりと毎日を過ごしているだけだ。それでよかった。じゅうぶんだった。

妻の夏海が、どうしてこんな自分と結婚するつもりになったのか、理由は知らない。いまさら訊けない。訊いたら怒られるかもしれない。それならばまだよいが、深く考えこまれたら困る。

妻は、子供は、家族は失いたくない。

「やだ、渡部さん、もう走ってるぅ。渡辺さん、応援しましょ。そっちの亘鍋さんはブブゼラ担当ってことで」綿辺がすくっと立ちあがる。「がんばれぇぇええ、渡部さぁあああん」

意外にも渡部は早かった。しかもスプーンの上のピンポン玉は落ちる気配もない。なるほど、これが特訓の成果なのか。しかし他の走者はきちんと前をむいているのに、渡部ひとり横むきである。いわゆる欽ちゃん走りに近い。

「すごいよ、渡部さん。かっこいいいいっ」

「がんばれぇええ、渡部さぁあああん」

ブォォオオオォオオオ。

「ワッハッハッハッハァア」渡部が高笑いをあげながら、戻ってきた。「ざっとこんなものさ」

「マジ、すごかったですよ、渡部さん。今日のＶＩＰ、決定ですって」

綿辺が拍手で出迎えた。ハグでもするのではというほどの勢いだ。

「今日のＶＩＰって、それはいくらなんでもおおげさだろ、ヨッシー。まだ昼にもなってないのに」

そう言いながら、渡部は満更でもなさそうだった。

「ヨッシーってあたしのことですか？」

「そうだよ。良江だからヨッシー」

「ははは、チョー受けますぅ」

「あ、これ、お土産」

渡部の手には缶ビールがあった。さきほどとおなじ、小さなサイズのだ。

「どうしたんです、それぇ？」

「テントの裏手にクーラーボックスがあってね。中のぞいたら、これだったの。あ、きみたちのぶんもあるよ」

「渡部さん」缶を受け取りながらも、もしやと思い太一朗は「これ、もらってくるとき、だれかに断ってきたんですか」と訊ねた。

「こなかったよ。まずかったかな」

あっけらかんとした答えが返ってくる。

「いけないんだぁ、渡部さぁん」と言いながら、綿辺は蓋をあけていた。

「いけないいなぁ、おれ」と渡部も蓋をあける。「だけど返しにいったら、だれかに怒られるかもしれないし、ここはまあ、証拠隠滅ってことで、呑んじまおうよ。きみたち、呑まないんだったら、おれ、呑んじゃうけど」

「しかたありません」亘鍋も蓋をあけた。「証拠隠滅に協力するとしましょう」

証拠隠滅と言っても缶は残るではないか。そう思いつつ、太一朗も蓋をあけていた。

それからワタナベ四人で車座になって、缶ビールを呑んだ。グラウンドではパン食い競走がはじまっている。

「渡部さん、白組のあのひと、だれですぅ？」

「広川。うちの部。おれより十五も年下で、仕事も満足にできねえくせに、半年前、おれの上司になっちゃってさ。はは。おらぁ、広川ぁああ、もっと気合いれて、パンに食らいつかんかぁあい。はっはっはぁ」

それは応援じゃない。野次だよ。

太一朗は腰をあげた。酒を呑んでいたら、やはり煙草を吸いたくなってきたのだ。

「今度は商品管理部の渡辺さんがいってくれるんですね」綿辺が缶ビールを振っている。

「よろしくお願いしますねぇ」

盗んでこいっていうの？　いやんなっちゃうなぁ。

あれのことか。

喫煙所を見つける前に、テントの裏手に青いクーラーボックスを見つけてしまった。けっこうな大きさのものが五個、行儀よく並んでいる。太一朗はそっと近づき、中腰になって手を伸ばし、右端のボックスの蓋を開く。超ミニサイズの缶ビールがたくさん氷水につかっている。

どうしよう。

蓋を閉じ、まわりを見まわす。幸い、人気がない。いまだったらイケるかな。

「駄目ですよっ」

どこからか声がした。太一朗は伸ばしかけた手をひっこめた。だがすぐに、自分が注意されたわけではないことに気づいた。

「アンパンを手でつかんではいけません。反則ですっ。スタートからやり直してくださいっ」

パン食い競走でだれかしでかしたのだろう。注意しているのは社長秘書の富田絢花だ。肉声とスピーカーから流れる声が、ほぼ同時に耳に入ってくるのは、彼女がテントの下でマイクにむかって、しゃべっているからだ。いま太一朗が立つ位置から五メートルも離れていない。富田はパイプ椅子に座り、こちらに背をむけていた。白に薄紫色のラインの入ったウェアを身にまとった彼女は、からだの滑らかな線がくっきりとでていて後ろ姿でもじゅうぶん艶《なま》めかしい。顔がにやつくのを抑えられなくなるほどだ。

富田とは取り立てて親しいわけではない。数ヶ月前、社内が全面禁煙となり、四階の北側に喫煙ルームができた。そこで休憩時間に顔をあわせる程度だ。幾度か話をしたこともある。夏海のことを訊かれたのだ。

きみはうちのカミさんと会社で重なった時期、あったのかな。

いいえ。あたしが入社した前の年に寿退社されちゃって。

子供ができたから辞めたのだとは、このときも訂正しなかった。

あたしが入社したての頃は、ヤナミさんの方法論でいこうとか、ナツミちゃんの考え方を踏襲すべきだとか、神様仏様ヤナミ様とかみんなが言ってて、どんなひとなんだろうって思ってました。社長なんか、いまでも一日に一度は奥さんの名前をだしますよ。せめてあと三年、ヤナミくんがうちの会社にいて、もうひとつヒット商品をつくってくれていたら、本社ビルを改装できるのにって。お辞めになって十二年も経っているのに、まだ頼られているなんてすごいですよね。

要するにこの十二年、うちの会社がなにも新しいものを生みだすことができなかった証拠である。社員一同、恥じてしかるべきことではないかと自分のことを棚にあげて太一朗は思う。

「渡辺」

「うわっ」突然、呼びかけられ、太一朗は思わず声をあげてしまった。

「なにもそう驚くことはないだろう」背後から人事課の千葉があらわれた。「こんなところで、なにぼんやり突っ立っているんだ」

なにもそう咎めるように言わなくたっていいだろ。まあ、昔からこいつはこういう口調でしかしゃべれなかったけど。缶ビールを盗もうとしているのがばれたのかな。言い訳しなくちゃ、言い訳。

「煙草を吸おうと思って」

「喫煙所で吸わなきゃイケナイんだぞ」

イケナイって。子供のような言い草だ。

「それをいま、探している最中なんだ」

「開会式のとき、説明があっただろ」

「いや、それが」

「司会の説明がわかりづらかったから、仕方がないか」

「あ、う、うん」

うなずきながら太一朗は、千葉の額に目をむけないよう努力しなければならなかった。なぜこいつは、こうもはっきりとカツラとわかるカツラをしているのだろう。入社時から二十二年間ずっとである。太一朗はこの頭を見るたびに、むしりとりたい衝動にかられる。いまもそうだった。

「トーチカみたいな建物があるのわかるか」千葉は退場門のほうを指さした。「あれがトイレで、そのすぐとなりが喫煙所だ。スタンド灰皿が三つ、置いてあるだけだがな」

「すまん。助かったよ」

早いとこここから、というよりも千葉から離れたかった。しかし「なぁ、渡辺」と呼び止められてしまった。

じつはおれ、カツラなんだよぉぉん。

そして千葉は自らカツラを外した。なんてことはなかった。鋭い目つきで、太一朗を見ているだけである。

「なにかまだ」

「矢波さん、くるのか」

「こないよ」間髪いれずに太一朗は答えた。「だれから聞いた？　その話」

「だれってわけじゃない。みんなが噂しているんだ」

「ガセだよ、そんなの」思わずぶっきらぼうに答えてしまう。

「ほんとか」

「あいつもいろいろ忙しくて」

なにがいろいろ忙しいのか、訊ねられたらどうしようと思ったが、千葉は「だったらしょうがないな」とうなずき、パンをぱくりとくわえた。

ん？　パン？

カツラに気を取られ、気づかなかったが、どうやらずっとパンを持っていたらしい。丸いパンの中身はどうやらアンコのようだ。

「あっ、いたいた。千葉さぁん」

千葉の肩越しに水色のジャージの男が見えた。庶務課の武藤だ。こちらに駆け寄ってきている。

運動会のことを妻に話したときのことだ。

それって武藤くんの発案でしょ、とすぐさま指摘した。やっぱりね。彼もいい歳なのにね。いつまで学生気分なんだか。

会社にいた頃、夏海は武藤と仲がよかった。よくつるんで呑みにいっていたくらいだ。歳は夏海のほうが七歳上で、部署もちがっていたにもかかわらずである。

デキていたわけではない。夏海とつきあう以前に三人で呑みにいったことがあるが、そんな甘いムードはかけらもなかった。夏海は武藤をアゴでつかい、武藤はそれを嫌がらず、ニコニコして従っていた。

いつだったか、社内の気のあう者同士でスキーへいったときのことだ。夏海に命じられた武藤が、パンツ一丁で雪に飛び込んだのを、太一朗は目撃している。武藤がまだ二十代なかばくらいの頃、新年会で社長に電気アンマをしたこともあった。結婚したのち、あれもあたしの命令だったのよ、と夏海から聞いた。会社を辞めて心残りなのは、武藤くんに千葉のカツラを剝ぎ取らせなかったことね。

ふたりの関係をどう言えばいいのか。仲のいい姉弟？　女王様と奴隷？　姐さんと子分？　さてどうだろう。ムチャブリをする夏海に、ノリのいい武藤が応じていただけだったかもしれない。

「あっ、渡辺さん」武藤がぺこりと頭をさげる。「矢波先輩、もうきました？」

やれやれ。いったいだれが撒いた噂なのやら。

「こないよ」と答えたのは千葉だ。

「またまたぁ。千葉さんもひとが悪いなぁ」

「ほんとだ。ほんとに今日はこないんだ」

「といっておいて、ほんとはくるんですよね。ね？　そういう演出だ。サプライズ効果狙ってるわけですね。わかりました。了解です。承知しました。合点です。おれも協力します。みんなにはこないと言っておきますよ」

「ちがうんだ、ほんとに」

「ほんとに矢波先輩はこない。はいはい。オッケーです」

これ以上なにを言っても無駄らしい。太一朗は口をとざした。

「それより千葉さん」

「なんだよ」

「もう一度、パン食い競走にでてください。このままだと失格になりますよ」

「どうしてわたしが失格なんだ」

「だって吊るしてあったパン、手でとったじゃないですか。富田に注意されたの、わかってたでしょう？」

あれはこいつのことだったのか。

「あれはわたしのことだったのか」

「トボけても無駄ですよ」

「だがわたしは、口にくわえて紐からとったあとに、手で」

「はいはい。嘘言わないでください。順序、逆でしたよ。手でとってから口にくわえていました」

「そんなことはない」

アンパンを食べながら、千葉は答えていた。往生際が悪いこと、このうえない。

「ビデオで判定しますよ。いいんですか」

「だけど」

「失格はマイナス五十点ですよ。このままだと赤チームの得点はゼロどころかマイナスになります。いいんですか？　アンカーだったらまだ間に合いますから、きてくださいって」

わずかな沈黙ののち、「パンはアンパンだけか」と千葉が言った。「いま、一個、食べてしまったからな。ちがうものでないと」

「クリームパンもあります。早く早く。パン食い競走がおわっちゃいますから」

「そこまで言うならしかたがないな」千葉は太一朗をちらりと見、「矢波さんによろしく言っといてくれ」とやけに二枚目ぶった口ぶりで言い残し、去っていった。

言わないよ。夏海はおまえのことを蛇蝎《だかつ》のごとく嫌っていたからね。たぶん、いや、まちがいなく、いまもそうだから。

喫煙所では煙草を二本吸った。そのあいだにおなじく煙草を吸いにきていた、あるいはトイレに用足しにきたあわせて七人ものひとに、夏海のことを言われた。

「奥さん、くるんだって」「矢波さん、いらっしゃるそうですね」「ナツミちゃん、まだかい？」「息子さんもくるわけ？」という具合にだ。喫煙所から戻る途中、社長にすれちがいざま、「矢波くんはどの競技にでるのかね?」とも訊かれた。

ふだん社内にいて、これだけひとに声をかけられたことはなかった。社長なんて、直接、口をきいたのは三年ぶりくらいだ。さすがに太一朗はおもしろくなかった。仕方がないとは思いながら、腹立たしくもあった。

だからというわけでもないが、テント裏にあるクーラーボックスを一箱担ぎ、応援席に待つワタナベ達の元へ運んだ。人目など気にしなかった。だれかに咎められても、そのときはそのときだと腹を括った。しかし結局のところ、だれからもなにも言われずにすんだ。

ワタナベ達は大喜びだった。よくやった、でかしたぞ、と賞讃してくれた。グラウンドにむかい渡部と綿辺は敵味方かまわず野次を飛ばし、亘鍋はブブゼラを高らかに吹き鳴らしていた。渡辺はそんなワタナベ達をぼんやり眺めているだけだった。そしてみんな、缶ビールを呑みつづけた。

きちんと数えたわけではないが、ボックスの中には缶ビールが二十本はあったはずである。それを、段ボール箱の競技がおわる頃には、すべて空にしていた。

そこへふたたび品質保証部の西本が飛んできた。

「ワタナべさんのみなさん、どういうおつもりです?」

「どういうつもりってなにがだ」

生産部の渡部が不満をあらわにする。一瞬、西本は怯《ひる》んだものの、険しい表情になった。

ただしもとが童顔なので少しも迫力がない。

「なにがじゃありません。四人とも顔、真っ赤にしちゃって」

陽に焼けただけだよ」

缶ビールのせいで、とろんとした目になった亘鍋がとぼけたことを言った。ほかのワタナベ達はクスクス笑う。

「つまらない嘘をつかないで」ください、と西本が言いおわらないうちに綿辺が大きなゲップをした。「ごめんごめん」

「それで大玉転がしをするつもりですか」

「します」「やります」「やらせてください」「お願いします」

ワタナベ四人揃って、西本に頭を下げた。

「お願いしますって、ワタナベさん」

「はい」「はい」「はい」「はい」

「商品管理部の渡辺さんです」

「妻はきません。ほんとです。ほんとにこないんです」

太一朗は酔った勢いで余計なことを口走った。

「奥さんの話なんか訊いてません。渡辺さんは大玉転がしの参加を希望していらっしゃらないので」

「飛び入り参加もありなんでしょ」と綿辺が言う。

「ありですよ。でもね、大玉転がしは三人一組なんです。飛び入り参加をするにしても、べつの組に」

「我々、ワタナベ一族は四人で一組なのだ。そんな勝手は許さんっ」

鼻息を荒くする渡部にむかって、「勝手なのはそっちですよっ」と西本は言い返す。

「こまかいなぁ、西本くん。こまかいと女の子にもてないよ。少なくともあたしはこまかい男は嫌い」

「綿辺さんに嫌われたって、痛くもかゆくもありません」

「なんだと、貴様ぁ」渡部が西本の頬をつまんだ。

「い、痛い、痛いですよ、なにするんですっ」

「いま西本くん、あたしに嫌われても痛くもかゆくもないって言ってなかったかしら?」

綿辺は満足げに微笑んでいる。

「大玉転がし、四人で参加していいよな」

西本の鼻先まで顔を近づけ、亘鍋が念を押すように言った。

「わ、わかりました。特別に許可します」

♪ワタナベェエエエ、
　ワタナベェエエエ、
われらぁはワタナベェエエエ

ナベさんとは呼ばないでぇぇ♪

ワタナベ四人は横一列に並んで腕を組み、ワタナベ一族の歌を高らかに唄いながら、大玉転がしに参加すべく、入場門へとむかった。

「今度、ワタナベ一族の会、開きましょうよ」綿辺が宣言するように言った。「それも毎月、定例で」

「お、いいねぇ」「賛成」「異議なしっ」

「渡部さんの奥さんもワタナベですよね」

当然のことを綿辺が訊ねてきた。

「当たり前だろうが」と渡部が答える。

「商品管理部の渡辺さんも」

「ああ」町おこしプロジェクトは旧姓で参加している。仕事のときはそっちのほうがしっくりくるのよね、と夏海が話していたのを思いだす。

「だったらワタナベ一族の会に出席する資格があるってことですよね。ぜひ、呼んでください」

「おお」渡部がうなずいた。「なんだったら、うちで会を開いてもいいぞ」

「そっちの渡辺さんは？　奥さん、きます？」

「もちろんだ」なんだったら息子も連れていってもいい。

「ぜひ呼んでください」亘鍋が叫んだ。「おれ、矢波さんに謝ることがあるんですよ。おれ、企画開発部でやった送別会んとき、矢波さんにむかって、あんたのつくった商品なんかどんだけ売れていようと、おれはぜったい認めない、『絶対安全カッター』も『エコエコボンド』も『ピッタンコペッタンコ』も、ぜんぶヘボだって言っちゃったんです」

ワタナベ達の足がぴたりととまる。そして四人、申し合わせたようにそれぞれの肩から腕を外した。

「送別会のときって、十二年前のことか」

渡部の問いに亘鍋はこくりとうなずいた。

「それだけじゃなくて、おれだったら、あんたの商品の倍、いや、三倍は売れるものをつくってみせる、とも。それでおれは」

「あっ」渡部が声をあげた。「思いだしたぞ。『綿菓子消しゴム』を企画したのは、きみだったよな」

『綿菓子消しゴム』。五年前に発売された商品だ。

「あたし、それ、知ってます。まったく売れなくて、すぐさま製造中止になったヤツですよね」

「あれはひどい商品だったよ。工場でつくってて、こんなのぜったい売れないと思ったもの。そうか、それできみは企画開発部を外されて、庶務課に」

まだその頃は、いまの社長が専務だった。彼がぜったい売れると太鼓判を押したせいで、だれも逆らえなくなり、商品化されたのだ。そして結果は綿辺が言うように散々だった。

亘鍋は肩をすぼめ、うつむいたまま微動だしない。

そうか。わかったぞ。どうしてこいつがいつも無表情なのか。悟ってなんかいない。大きな失敗をして、自信を失い、そしてなにもかも諦めてしまっているのだ。きっとそうだ。そうにちがいない。

太一朗もおなじだった。入社当時は営業一課だったが、二年目の夏、問屋とトラブルを起こした。発端は太一朗のほんの僅かなミスだった。すぐさま謝ればいいものを、放っておいたおかげで大事になってしまい、しまいには役員クラスの人間までもいっしょに、問屋まで詫びにいく羽目になった。翌年、異動で営業から外されてしまった。

「謝ってどうする？」

気づくと太一朗は亘鍋の胸倉を摑んでいた。

「え？　いや、あの」

「降参するのか。それでおしまいか。夏海のつくったのよりも、三倍売れる商品をつくるのを、おまえ、あきらめちまうのかよ」

「でもおれ、もう企画開発部じゃないですし」

「そんなの関係あるか。おまえ、カキツバタ文具の社員だろ」

「がんばれぇぇぇ」「走れ走れぇぇ」「フレフレ、赤組」応援するひと達の声が間近で聞こえてくる。「まだまだ、いけるぞぉぉ」

まだまだだ。

まだまだいける。

まだいける。

「どうなんだよ、ワタナベッ」

だれにむかって言っているのだろう。

太一朗はわからなくなっていた。

亘鍋にか。それとも自分自身にか。

亘鍋が顔をあげた。充血はしているが、目に鋭さが戻っている。そして言った。

「あきらめませんよ、ぜったいに」

12:00
フォークダンス指導

「うごぉごぉえええええ」

生産部の渡部は洋式の便器に顔をつっこみ、吐いている。品質保証部の西本雅司《まさし》は深いため息をつきながら、その小さな背中をさすった。丸めているせいで余計小さく思える。彼は黄色いTシャツを着ていた。ずいぶん派手だなと思ったが、自社のノベルティグッズだった。

このひと、たしか五十二とか三のはずだよな。

それにしてはえらい老けようだ。ふさふさとした髪の八割方は白い。白髪ぼかしでもすればいいのにと余計なことを思う。肌は陽に焼けたように赤黒いが、これはアルコールのせいか。からだのあらゆる部分にしわが目立つ。シミも多い。六十二歳だと言われても納得してしまいそうだ。

ふたりがいるのは男子トイレの個室である。ドアは開けっ放しにしてあるので、正確には西本のからだ左半分は個室の外だ。

「うごうごうごぉぉごご」

酩酊しているにもかかわらず、大玉転がしに参加したいと言ったのは渡部本人である。彼ばかりではない、ほか三人のワタナベもだ。

しかもあれだけ強硬に四人でやると言っておきながら、いざ本番になると、出番を待っている最中、物流部の綿辺が体育座りのままで眠りこんでしまった。しかもぐうぐうと高らかにイビキをかきながらである。庶務課の亘鍋が、彼女の耳元でブブゼラを吹いたものの、起きる気配はまったくなかった。

結局のところ、残りの三人で大玉を転がすことになったものだが、渡部は庶務課と商品管理部のワタナベに足が追いつかず、優に五メートルは遅れて走っていたというか、歩いていたでもない、よろめいていた。ゴールに辿り着きはしたが、その場で四つん這いになり、動かなくなってしまった。競技はつづいており、そこにいられては邪魔になる。他の二人のワタナベといえばコース脇でうずくまっており、とてもではないが、他人のことをかまっていられる状態ではなかった。

そこでゴール地点に待機していた西本が、運動会実行委員長の判断を仰ぐまでもなく、渡部に駆け寄り、トーチカに似たトイレまで運んできたのだった。

ゴールデンウィーク前に新人研修として、八王子の工場で一週間だけ働いた。そのとき西本は渡部のチームで、研修の最終日にはそのチームで呑みにもいった。勤務中は寡黙で生真面目なひとである。ところが一口でも酒が入ると、陽気で愉快なオジサンに変身した。度を越すとこんなになっちゃうわけだ。

皆勤記録保持者で、現在もその記録を更新中であることは酒席で知った。チームの他のひとが教えてくれたのだ。

コーゾーさんはこの三十年、風邪もひかなきゃ、インフルエンザにもかかったことがないんだぜ。

特別な予防法でもあるのですか。

べつの新人が訊ねた。

会社に迷惑をかけてはいけないと心がけていれば、病気になんぞなりゃしないものさ。

酔ってはいたが、渡部は真顔でそう答えた。

会社に迷惑をかけてはいけない、か。

入社して半年経つが、西本は体調不良と偽って、五度もずる休みをしていた。いずれも月曜日だ。どうしても会社へいきたくなかったからである。最寄り駅までいき改札口を通り抜けようとして、定期入れを忘れたことに気づいた途端、気持ちが萎えて、アパートへ引き返したこともあった。

これからさき定年まで、ほんとにぼくはこの会社で働きつづけるのかなぁ。

ふとそんな考えが頭をよぎりもした。

よもや文具メーカーに就職するなど、去年のおなじ頃には思ってもいなかった。といって希望の職種や会社があったわけではない。やれ平成不況だ、やれ就職氷河期だ、と傍から脅かされ、数撃ちゃあたるの精神で、片っ端から会社を受けまくった。結果、いちばん早く内定をもらったのが、カキツバタ文具だっただけのことである。

品質保証部の仕事はちっとも楽しくなかった。西本は主にデータ表の作成を任されていた。職場でパソコンにむかい、計算した数値をグラフ化しているだけの毎日にすぎない。

商品を世にだすための大切な仕事なんだよ、と上司は言う。きみが決められた日時までにデータ表をつくらねば、会社ぜんたいの仕事が滞ってしまう。ふつうは新人にここまで任せることはない。だがきみは優秀な人材だからね。ぜひがんばってくれよ。きみはこの仕事を誇りに思うべきなんだ。わかっているね。

わからなかった。

決められた日時までにデータ表を作成したところで、なんの達成感も味わえなかった。こんなことをするためだけに、ぼくはこれまで生きてきたのかと思うことすらあった。

だからといってよその部署がうらやましいわけでもない。営業部で得意先をまわったり、顧客の新規開拓をしたりする自分の姿など想像できない。企画開発部で長い時間をかけて新製品の開発をしたり、生産部で工場ラインがスムーズに進むよう努力したりすることなども、とてもではないが、自分にできるとは思えないからだ。

仕事が楽しいなんてことはないんだろうな、きっと。

ところがこの二ヶ月間は楽しかった。仕事ではない。運動会実行委員の活動がである。始業時間前や終業時間後にやらねばならず、ふだんよりも倍は忙しかったがそれでもだ。少しも苦にならなかった。なによりも実行委員会に岸谷小夜《きしたにさや》がいてくれたおかげである。彼女がいなければどうだったかわからない。

なんにせよ、それも今日でおしまいだ。またクソつまらない日常に戻らざるを得ない。

などと考えているところに、ウエストポーチの中でケータイが震えた。

「渡部さんの具合どう？　まだトイレん中？」

運動会実行委員長の武藤だった。

「あ、はい。そうです」

「こっちはいま、綱引きがはじまったところなんだ。そのあとにあるフォークダンス指導なんだけど、それには間に合いそう？」

午後いちばんにフォークダンスがある。オクラホマミキサーだ。朝礼台に立ち、その踊り方を社長秘書の富田と指導する役を仰せつかっていた。

「んげえぇぇぇぇぇ」

「いまの渡部さんか」

「そうです」

便器をのぞきこんでみた。渡部の口からは胃液しかでていない。胃袋は空っぽになったようだ。

「まだしばらくかかりそうか。しょうがないな。間に合わなかったら、ダンスの指導はおれがやっとくよ」

「よろしくお願いします」

電話を切ったあとも、渡部はまだむせていた。吐瀉物が喉にひっかかっているのだろう。あらためてケータイを見る。十一時三十二分。綱引きのあと正午からフォークダンス指導があり、四十分の休憩に入る。

まずいな。このままだと岸谷さんを昼食に誘えなくなっちゃう。

岸谷小夜は営業一課で事務をしている。西本と同い年だが、専門卒なので入社が二年早い。彼女も西本とおなじく、運動会実行委員だった。

岸谷とはじめて口をきいたのは、二ヶ月前である。盆休みが明けてすぐ、運動会実行委員会の第一回会議だった。正しくはそれがはじまる十分前だ。

会議は最上階のミーティングルームで、六時からだった。西本がドアを開いたときには、まだだれもいなかった。楕円形の大きなテーブルのどこに座っていいものやら見当がつかず、夕陽の射す窓のそばによると、五反田の町並を見下ろしながら、時間を潰すことにした。

「運動会のひと？」

その声に西本は振りむいた。岸谷が部屋に入ってきていた。

「あ、はい。実行委員ですけど」

「新人くんだよね。品質保証部の」

「西本です」

それまで岸谷とは廊下ですれちがう程度で、会話など一度もしたことがなかった。名前を知っているのは社員同士で呑みにいけば、彼女の胸の大きさが必ず話題にのぼるからだ。

「六時からでまちがいないよね」

「え、ええ」

「あと十分か。どうしよっかなぁ」岸谷はテーブルに両手をつき、首を傾げていた。「西本くん、煙草吸う？」

突然の質問に戸惑いながら、「い、いえ」と西本は答えた。

「だったらライターは持ってないか。いまさ、となりの喫煙室で煙草を吸おうとしたら、ライターないの、気づいたんだ。だれかいれば借りられたんだけど、こういうときに限って、だれもいないんだよねぇ。やんなっちゃう」

「あ、あります」西本は背広から百円ライターをとりだした。「どうぞ」

「猫耳パブ　ニャーゴ」

岸谷はライターを受け取ると、そこに書かれた文字を読みあげた。

「西本くんってこういうとこいく人なんだ」

「ちがいますよ。いや、あの、いったのはたしかですけど、それはあの、部長についていっただけで」

「わかった、わかった。そんな焦ることないって。西本くんはあたしのこと、知ってる？」

「営業一課の岸谷さん、ですよね」

「正解。なに、もしかしてあたしのこと、チェックしてた？」

「い、いえ、そんな」

岸谷はくくと喉の奥で笑った。

「いちいち反応しなくていいよ。ほいじゃ、このライター、借りとくね」

二ヶ月間、岸谷とはほぼ毎日いっしょに運動会の準備をあれこれしていた。いつ頃から彼女のことを好きになったのかは、自分でもさだかではない。はじめて話をしたときからずっと気になっていたのはたしかである。

この気持ちをどうやって伝えようか、と思い悩んでいたところ、彼女の好物がおはぎであることを知った。本人がべつの委員と話をしているのを横で聞いたのだ。

ときどき帰りにコンビニとかで買って食べちゃうんだけどさ。ああいうとこで売ってるのって、表面のアンコがツルッツルじゃん。わかる？　あたし的には田舎のおばあちゃんがつくってくれたのがベストなんだ。アンコが粘りっ気あって、べたべたでね。一口食べると、ねちゃってするようなの。しかもこれがまた大きかったんだぁ。こんくらいは軽くあったね。

そう言うと岸谷は握りこぶしをつくってみせていた。

西本は料理が得意だった。中学二年のとき、片思いだった女の子が料理をつくる男性が好きだという噂を耳にして以来、台所に立つようになった。だがその女の子とは卒業まで一言も口をきかずにおわっている。

ただしおはぎはつくったことがない。それでも西本はつくってみることにした。一昨日の夜から下ごしらえをし、昨夜の三時までかけて、自分のこぶしよりもやや小さめのおはぎを十二個もつくってしまった。こんなにつくってどうするのだと気づいたときにはもう遅かったのである。ともかく八個をタッパーに詰め込み、残り四個は冷蔵庫に入れた。でがけにテレビのお天気お姉さんが今日は夏を思わせる陽気になりますと告げているのを聞き、保冷バッグに入れ、持ってきた。

ぼく、今日、おはぎ、つくってきたんですよ。どうです？　いっしょに食べませんか。

幾度も練習してきたこの台詞を、いまだに口にできずにいた。お互い実行委員で忙しいうえに、だれかしらまわりにいるので、とてもではないが無理なのだ。だがあきらめるわけにはいかない。

「きみは」便器から顔をあげた渡部が、ぜぇぜぇと肩で息をしながら話しかけてきた。「たしか品質保証部の子だったよね」

「子」と言われ、西本は苦笑してしまう。ほんとの子供扱いだ。それもしようがない。なにせ渡部は実家の父よりもわずかに年下なだけだ。

西本はウエストポーチを開き、ケータイと入れ替えにペットボトルをだした。『六甲のおいしい水』である。

「これ、どうぞ」

「おお。気が利くね」

水を口にふくみ、渡部は長いうがいの末、便器に吐きだした。がらがらがら。ぺっ。がら

がらがら。ぺっ。がらがらがら。ぺっぺっぺ。ペットボトルがすっかり空になったところで、渡部は立ち上がり、トイレの水を流した。それから便座の蓋を閉じ、「よっこらせ」とその上に腰をおろした。

「すっかり世話になったな。ありがとう」

「いえ、あの」西本は戸惑ってしまった。自分の父親と変わらぬ歳のひとに礼を言われることなど、人生であまり経験していないからだ。「こ、これが今日のぼくの役目ですので。気になさらないでください」

「きみ、煙草、持ってるかね？」

「え？　あ、いえ。ぼく、吸わないんで」

「そっか。そりゃそうだよな。近頃の若い子が煙草を吸うはずないものな」渡部はひとり納得している。「おれもやめてからけっこう経つんだが、ひさしぶりにゲロ吐いたら、吸いたくなっちゃってね」

「だれかから貰ってきましょうか」

当てはある。むろん岸谷だ。煙草をもらうついでに、昼飯を誘おう。

「そこまでさせちゃあ、申し訳ないよ」

「い、いえ、そんなことは」

「それにずいぶんラクになったからね。応援席に戻るとしよう」

渡部が空のペットボトルを持て余しているので、西本は受け取り、ウエストポーチにもどした。そのときだ。

「こっちよ、こっち」

トイレの出入り口から声がする。

まさか。そんなはずがない。ここは男子トイレだぞ。

しかし恋い焦がれるひとの声を聞き間違えるはずはなかった。

「あと少しだからね。我慢して」

入ってきたのは岸谷小夜だった。ひとりではない。物流部の綿辺がぶらさがっていた。肩を貸しているのだが、そうとしか見えない。

「あれ？　西本くんじゃん？　なんでここに」

そう言いながら、岸谷は壁に居並ぶ小便用の便器に目をむいた。

「いけない。まちがえちゃった」

岸谷は渡部とお揃いのTシャツに、膝下までの黄緑色のパンツというでたちだ。パーカを着ていたはずだが、この暑さに脱いだのだろう。入社してこの半年のあいだ、地味な制服姿の彼女しか見ていなかったのでとても新鮮だった。

西本は視線が胸にいってしまいそうなのを、必死にこらえた。社員同士で彼女の胸の話題で盛り上がるとき、西本は加わらなかった。岸谷が下品な言葉で汚されるのはおもしろくない。だからといって椅子を蹴飛ばし、その場を去るなんて真似もできずにいた。

岸谷は綿辺をかつぎなおした。豊満な胸が小刻みに揺れる。目をそらす余裕が西本にはなかった。

　ごくり。生唾を飲み込む音がした。

　西本ではない。渡部だった。彼の視線は岸谷の胸に注がれている。それも目に焼き付けんばかりに凝視していた。しかも「よぉ、サヤちゃん」と声をかけた。

なんだよ、その気安さは。

「あっ、渡部さん。もういいんですか」

「平気平気」どういうつもりなのか、渡部は個室からでて、屈伸をしてみせた。「これこのとおり」

「無理なさらないほうがいいですよ」

「よせよ。ひとを年寄り扱いするもんじゃない」

　不満を口にしているものの、渡部はニヤケ顔だ。オジサン達は女の子と話すとき、みんなこういう顔になる。美人であればなおさらだ。うちでは仏頂面の父も、会社でそうなのだろうか。きっとそうなんだろうな。

「それにしてもさ。八王子からきみがいなくなって、ほんとがっかりだよ」

　あたし、三月まで生産部にいたの。西本くんも研修でいったから知っていると思うけど、八王子の工場って、とんでもない山奥だったでしょ？　まわりになんにもないからねぇ。仕事おわって、遊びにいくとしてもカラオケか、ボウリングしかないんだから。ま、あたしはもっぱらカラオケだったけど。

岸谷が言っていたことを、西本は思いだしていた。

「どうだい。八王子に戻ってくる気はないかい」

「それはあたしの決めることじゃないですから」

「だったらおれが社長に直談判するぜ。工場で署名運動をしたっていい」

渡部の口調は本気か冗談かわかりかねた。

「おっと、そうだ。サヤちゃん、煙草、吸うよね。いま持ってたりする?」

「持ってますけど」

「どうしても吸いたくなっちゃってね。一本くれないかな」

「ちょっと待ってください」

岸谷はパンツのポケットから、青い箱を取りだした。綿辺を抱えながらでいささか面倒そうだ。それでも彼女は嫌な顔ひとつしなかった。

「あと二本だけなんで差し上げます。ライターも中、入ってますから。いいですか。投げますよ」

「サンキューな」渡部は見事にキャッチすると、一本だして口にくわえた。「でてすぐんとこに、喫煙所ありますから、そこで吸ってください」と岸谷から注意が飛んできた。

「おっとっと。すまんすまん」

渡部がおどける。なんだかはしゃいでいるようにも見える。

「そっちの綿辺さんはだいじょうぶなんですか？」

西本は岸谷に訊ねたのだが、「ギモヂワルイデスゥ」と綿辺本人が答えた。

「あっ、ごめんね。あとちょっとだけ我慢してちょうだい」

綿辺を励ましながら、岸谷は男子トイレをでていった。

「しばらく見ないうちに、一段ときれいになったね、サヤちゃんは。色っぽくなったよ。うん。たまらねぇな。おれがあと二十歳、いや、十歳若けりゃなあ」

ほんとに惜しそうに渡部が言う。舌なめずりをしていてもおかしくないくらいである。西本は不愉快でならなかったが、それを顔にださないようこらえた。

「きみはどうなのさ」

「え？　なにがです？」

「なにがって、このぉ。とぼけちゃってぇ」

岸谷に注意されたにもかかわらず、渡部は煙草を口にくわえると、そのさきにライターで火をつけた。猫耳パブのだったが、彼はそれに気づかなかった。

「サヤちゃんのことに決まっているだろ。同い年くらいじゃないのかい？」

「え、ええ。そうですが」

「彼女に気があったりしないの、きみは」

紫煙を燻《くゆ》らせながら、渡部が言う。

「全然ないですよ」

胸の内を見透かされたかと思い、西本は焦った。

「わかったぞ。じゃあ、あれだ。きみはコッシー狙いか」

「ヨッシー？」

「いまサヤちゃんといっしょだったろ。物流部の綿辺さん。良江だからヨッシーだよ。あの子もね。うん。悪くない。からだはね、でるとこでてないし、ひっこむとこもひっこんでないけどな。性格はいいぞ。明るくて楽しい子だ。研修で工場にきたときに目をつけたのか。そうだろ」

「ちがいます」西本が否定しても、渡部は聞く耳を持たず、さらに言葉をつづけた。

「隠すことはない。なんだったらおれが一肌脱いでやる。介抱してくれたお礼だ。遠慮するなよ。な？」

冗談ではない。

「ほんと、あの、ちがいますから」

「わかった。自分の恋路は自分でなんとかするってわけか。うん。それがいいかもな」

いい加減、西本はげんなりしてきた。

「ぼく、このあとまだ実行委員としての仕事がありますんで」

「おお、そうか。ごめんごめん。そいつは気づかなかった。ほんと、ありがと」

空が青い。青過ぎる。嘘くさい青さだ。陽射しが強く、昼に近づくにつれ、気温はぐんぐんとあがっていた。夏を思わせる陽気だ。おはぎを保冷バッグに入れてきて、正解だった。

トイレをでてから、喫煙所にいく渡部と別れ、西本は本部へむかう。白組の応援席のうしろを歩いている最中、銃声が鳴った。

「綱引き第二回戦、赤組の勝利ですっ」

スピーカーから富田の声がする。さすがオジサン達のアイドル。溌剌《はつらつ》としていながら、そこはかとなく艶っぽい。参加者も応援席も沸き返っていた。興奮の坩堝《るつぼ》と化すとはまさにこのことだろう。とても会社の運動会とは思えないくらいの盛り上がりだ。

「これで一対一、勝負の行方がわからなくなってきましたぁ。泣いても笑ってもあと一回で勝負が決まりますっ」

綱引きの参加者の中でひと際目立つ人物がいた。全身、真っ赤なのだ。社長だった。赤組の最後尾に控えている。その手前には人事課の千葉課長がいた。

今日は赤組勝利のため、全競技に参加致します。

開会式のあと、本部をおとずれた千葉は、社長の前でそう宣言していた。

たしかにこれまでの競技にはすべてでている。しかし残念ながら、赤組勝利のためにはなっていない。むしろ足を引っ張っていると言ってもよかった。パン食い競走ではパンを手でつかんで食べ、一度失格になり、アンカーで再チャレンジしたものの、結局ビリだった。

千葉は社長のほうをむき、なにか言っている。どうせつまらないおべんちゃらにちがいない。

新人研修には随時、千葉がついてきていた。その不自然なカツラが気になってしようがなかったが、まあ、それはどうでもいい。問題はなにかと社長の名をだし、恥ずかしげもなく褒めちぎることだった。

社長がいかに社員思いであるかというエピソードを聞かされているうちはよかった。なるほどと納得もできた。アメリカに一年留学し英語が堪能で、バイオリンの腕前はプロ並み、酒は強いが乱れることはない、という話もまだかまわない。しかし小学三年のとき、作文コンクールで優勝しただとか、五歳の頃、捨てられていた子犬を拾って、お育てになられたなどという話になると、いい加減、うんざりしてきた。だからどうしたと言いたくなるくらいだ。

おのれの忠誠心を示したいがためか。しかしそれは失敗しているように思う。社長は千葉を煙たがっていた。いまもそうだ。千葉が話しかけた途端、反対側に顔をむけ、応援席に手を振っている。

そしてまた千葉は社員のあいだでもすこぶる評判が悪い。彼に連れられ、西本をはじめとした今年の新人達で呑みにいったことが一度だけあった。そのときは、社長の話もでたが、杯を重ねるうちに、人事のわたしを敵にまわしたら、この会社にはいられなくなるからね、と新人達を脅す始末だった。あとで知ったが、酔えば必ず吐く台詞なのだという。

西本も千葉が苦手だ。つい最近、データ表の作成でミスを犯し、それがそのまま社内に配られてしまったことがあった。上司は、わたしのチェックが甘かったせいだ、気にすることはないと慰めてくれた。ところがどこでどう聞きつけたのか、千葉が西本のデスクに、「小さなミスが大きな損害を起こすのですよ」と小言を言いにきたことがあった。しかも上司が有給休暇で留守のときを見計らってだ。これもまたあとで知ったのだが、他の新人もおなじことをやられたらしい。嫌われるためにわざとやっているとしか思えない。そんなことをしてなにが楽しいのか。

千葉は渡部と同様に皆勤記録保持者だった。ひとから聞いたのではない。二十二年働いて、無遅刻無欠席です。新人達との呑み会で、本人が誇らしげにそう言っていたのだ。

会社のみんなに嫌われていることを本人が知らないはずはないだろう。なのに毎日、会社にきているなんて。ぼくだったら耐えられないよ。そもそもその前に、そんだけ、ひとに嫌われるような真似をするつもりはないけど。

綱引きの三回戦がはじまっている。グラウンドに目をむけたまま、西本は歩く速度を緩めた。

「オーエス、オーエス」「負けるなぁ、赤組ぃぃ」「白組、踏ん張れぇえ」「もっと腰を落としてぇ」「空見て引くんだぁ、空見てぇえ」「パパ、がんばってぇえ」「ユゲちゃぁあん、かっこいい」

応援席は過熱する一方だ。だれもが声を張り上げている。開会式のあと、西本が配った応援グッズも大いに活用されていた。

そんな中、西本の視線はどうしても千葉にいってしまう。彼は綱を握り、顔を真っ赤にして、力一杯引いていた。やがてそのからだはだんだんと前のめりになっていく。彼だけではない。赤組みんながだ。

「白組優勢、白組優勢ですっ」

富田が叫ぶ。そしてついに終了を知らす銃声が鳴った。どちらが勝利したか歴然としていた。なにせ赤組のほとんどが前倒れになってしまっているのだ。

「第三回戦、白組の勝利ですっ」


本部のあるテントの裏にまで辿り着くと、武藤がいた。腕組みをして首をひねっている。

西本が近づいても気づかずにいるので、声をかけてみた。

「おぉ。なんだよ。間に合ったのか」少し残念そうに武藤は言った。富田さんと踊りたかったのかな。「どうなの、渡部さん。だいじょうぶそう？」

「吐いたら楽になったみたいです。いまは喫煙所で煙草、吸ってます」

「岸谷が女の子のワタナベさん、連れてったんだけど、すれちがったりした？」

「あ、ああ。はい」男子トイレにまちがって入ってきたことは言わずにおいた。

「あのさ、西本。ワタナベの四人って、なんであんなベロベロだったんだ？　なに呑んでたんだろ」

「缶ビールでした」

「手の平におさまるくらいのちっちゃいサイズの？」

「ああ、そうでしたね。試飲とかで貰えるような」

「やっぱりそっかぁ」武藤は右手で後頭部をがりがり掻いた。「やんなっちゃうなぁ」

「どうしたんです？」

「いやね。トーキョーハンズさんからの差し入れでね。缶ビールとスポーツドリンク、百本ずつ頂いたんだよ。昼休みになったら、みんなに配るつもりでさ。こうしてクーラーボックス五箱に分けといたわけ」

開会式前、他の運動会実行委員がその作業をやっているのを、気づいてはいた。その中には岸谷もいた。ただ西本は音響機器を設置する係だったので、手伝えなかったのだ。足元に並ぶクーラーボックスに視線を落とす。

「四箱しかありませんが」

「白組の応援席にそっくりなの見つけたんだ。よもやと思って中をのぞいたら、缶ビールはあるにはあったが、ぜんぶ空だった」

「それってワタナベさん達が」

「ああ。近くにいたヤツに訊いたら、ワタナベさん達がどこかから持ってきて、中にあった缶ビールを四人で呑んでいたとさ。いったいどういうつもりなんだか。四人ともふだんはそんなことしそうもないひとたちなのに」

武藤はため息をついた。

「何本くらい呑んだんですかね」

「正確には数えちゃないけど、三十本は超えてるはずだよ」

「そのぶん、どこかで買ってきましょうか」

「いやいや、そこまでしなくたっていいよ。残りでじゅうぶんまかなえるから」

「いたいた、西本くぅん」富田だ。アナウンスをしていた席を立ち、手招きしている。

「どこいってたのよ。早くいらっしゃい」

「あ、はい。じゃ、武藤さん、ぼく」

「ああ、うん。でよ、おまえ、ダンスの指導おわったら、缶ビールとスポーツドリンク、配ってくれねえか。赤組のだけでいいよ。白組はべつのヤツにやらせるからさ」

人使い荒いよ。ますます岸谷さんを誘えなくなるじゃないか。

そう思いながらも西本は「了解です」と答えた。


朝礼台の上は思った以上に高かった。グラウンドの隅々まで一望できるほどだ。となりには球場もある。その境にそびえ立つ大きな木は葉が黄色くなりかけていた。

「はぁああい、それではみなさん。午前の部の競技はおわりましたぁ」

手持ちのマイクに口を近づけ、富田が言う。ダンス指導とはいっても、西本は踊るだけである。説明はすべて彼女任せだ。

グラウンドでは綱引きの片付けが済んではいたものの、ほとんどのひとが、興奮いまだ冷めやらぬといった雰囲気のままでいた。

「これから昼休みに入りまぁす。お腹が空いて、お弁当にありつきたいかもしれません。でぇぇもぉぉ、そっのっまっえっにっ」

富田のおどけた物言いに、あちこちから笑いが起きた。会社ではスーツでびしっと決め、一分の隙もないように見える彼女だが、今日はちがっていた。えらく弾けている。どちらがほんとうの富田なのか、西本にはわかりようがなかった。

「もう食べはじめちまったよ、アヤちゃぁん」

どこからか声があがった。またもや渡部だった。アヤちゃんとは富田のことである。白組の応援席にいる彼は、右手におむすびを持ち、青い箱に腰かけている。左右には総務部庶務課と商品管理部のワタナべが控えていた。ふたりも復活したようだ。

ん？　あの箱って、武藤さんが言ってたクーラーボックスじゃないのかな。まちがいない。きっとそうだ。

「しかたありませんねぇ。手にあるそのおむすびは食べ切っちゃってください」

すかさず富田はそう切り返す。

ワタナベ三人にむかって、走ってくるひとが見えた。物流部の綿辺だ。彼女も渡部と同様に吐いたら元気を取り戻したようだ。

岸谷さんはどこだろ。

いた。喫煙所だ。しかし煙草は吸っていない。ケータイを耳にあてている。相手はだれだろう。カレシかな。大いにあり得る。岸谷さんにカレシがいてもおかしくはない。

だが西本はそれをたしかめたことはなかった。そんな勇気があれば、おはぎなどつくらず、もっととっくの昔に告白している。

「昼休みのあと、午後いちばんに全員参加のフォークダンスがあります。たいがいの方は子供の頃に踊ったことがあるでしょう。しかしいざ踊るとなるとなかなかできないと思います。そこでいまから、わたくし富田と、品質保証部の西本くんのふたりで、踊り方をお教えしたいと思います。いいですかぁ」

「はぁああい」

ひとりだけ返事をしたひとがいた。渡部ではない。営業一課の額賀だ。あのひと、玉入れのときもひとりで返事していたっけ。富田が苦々しげな顔になったのを、西本は見逃さなかった。しかしそれはほんの一瞬にすぎず、瞬きをしている間に、満面の笑みに切り替わっていた。

「踊るとなると場所をとりますので、応援席からグラウンドにでてきていただけますかぁ」

富田の指示に、みんなは素直に従った。ところがつぎの指示にはそうはいかなかった。

「ひとりで踊れないこともありませんが、できればふたり一組になってくださぁい」

家族がきている社員は子供や、少し恥ずかしいけれども奥さんと組めばすむことだ。さっさと事務の女の子とペアを組んでしまう、ややもするとセクハラというか、パワハラめいた手段にでる部課長クラスのオジサンもいるにはいる。工場勤務の社員にはパートのオバチャン達が声をかけていた。

その他の大多数の社員は戸惑いの色を隠し切れずに、立ちすくんでしまっている。ざっと見ても七三で男性のほうが多いのだから致し方がない。

そんな中、西本は岸谷をずっと見ていた。ケータイを切った彼女は、喫煙所から一目散に走ってきていた。表情まで読み取ることはできない。しかしなんだか不機嫌そうに見える。グラウンドまでくると、彼女がくるのを待っていたらしい、営業部長につかまっていた。

「恥ずかしがっている暇はありませんよぉ」富田がからかうように言う。「ではこうしましょう。自分のとなりのひとと組んでください」

グラウンドがざわつく。それでも男同士のペアが次々とできていった。

「それではまず曲を聞いていただきますね」

♪たらたったたたらたらたったたった

たらたったたたらたらたったたった♪

「あたし、これ、しってるぅぅ」白組の応援席に近い場所から声があがった。女の子だ。年齢は四、五歳、ピンク色のスウェットを着ている。「これって、オクラホマミキサーよね」

女の子がだれであるか、西本はすぐに気づいた。生産部の広川課長の娘だ。父親と親子デカパンに出場する予定だったはずが、頑《かたく》なに拒み、人目を憚ることなく大泣きし、ついには逃げだしたところを目撃している。父親と仲直りできたのかと思っていたら、ペアを組んでいるのは、彼女に勝るとも劣らない派手なピンクの服を着たオバチャンだった。営業二課の高城の母親だ。高城はそのうしろで営業二課の井草課長と並んでいた。

広川はべつのところにいた。ツバの大きな帽子を被り、サングラスをかけたオバチャンとペアだ。奥さんにしては歳がいっている。工場で働くパートのオバチャンにちがいない。

「そちらのお嬢さん、大正解っ。すごいっ。よく知っていたわね。えらいわぁ」

富田に褒められ、広川の娘は恥ずかしそうに身をくねらせている。

「ではまずあたしと西本くんで踊ってみまぁす」

富田が右腕の肘を曲げ、手を上にあげた。左腕は斜め下にむけている。西本は彼女の左横につき、彼女の手に自分の手をそえた。

「ではまず右足からさきにだしてぇえ。みぃぎみぃぎ、ひだり、ひだり、みぃぎひだり、みぃぎひだり」

富田は右手にマイクを持ったままだ。そのさきを自分の口にむけて、話しつづけている。じつに器用なものだ。本来ならば、どんどん前へ進んでいくことになるのだが、朝礼台の上ではそうはいかない。その場で足踏みをするような形になる。

いまさらながらだが、西本は自分が緊張しているのがわかった。おかげでからだがコチコチだ。

「西本ぉぉぉ、動きがぎこちないぞぉぉ」

だれかが野次を飛ばしてきた。グラウンドがどっと沸く。

「まぁえ、うしろ、ぐるっとまわってお辞儀して、はい、つぎのひと。たったこれだけですよぉ。なにはともあれ、一度、やってみましょう。女性の方、あるいは男性同士のペアは右側のひとが、あたしとおなじポーズをとってください。お相手は西本くんのように手をとって。そこまでできましたぁ?」

できていた。全員がふたり一組でおなじポーズをとっている。なかなか不思議な光景だ。そんな中、ひとりだけ、ひとりぼっちのひとがいた。

千葉課長だ。あぶれてしまったのか。まあ、やむを得ないことである。大好きな社長と組めばよかったのにと西本は思ったが、社長は当然ながら奥さんとペアだった。

彼はひとりでいることを恥ずかしがったり、悔しがったりはしていないようだ。富田とおなじポーズをとり、ぴんと背筋を伸ばしている彼は、むしろそれを誇りにでも思っているようだった。

ただのやせ我慢だったりして。

フォークダンス指導がおわると、西本はテントの裏へまわった。缶ビールとスポーツドリンクを、赤組の応援席に配って歩かねばならない。さきに白組の実行委員がふたりいた。彼らはすでにクーラーボックスを一箱ずつ、運ぼうとしているところだった。

赤組はぼくひとりなのか。それともだれか。

「西本くんっ」

うしろから肩を叩くひとがいた。おっ。おおっ。この声は。振りむきざまに頰に爪が刺さった。

「痛っ」

「はは、ひっかかった」

岸谷だった。笑顔の彼女は青い箱の前にしゃがんだ。

「西本くんもこれ、配る係？」

「あ、はい。岸谷さんもですか」

「うん、そう」とうなずき、よっこらせとクーラーボックスを持ち上げようとしたものの、彼女には無理だった。

「ぼく、運びますから、岸谷さんは配ってください」

「二箱持ってける？　マジ、すっごく重いよ」

「一箱ずつにしますよ」

「なるほどね。西本くん、アッタマいい。応援席のいちばんむこうから配ってく？　それだと運ぶの大変？　あたし、こっち側持とうか」

「だ、だいじょうぶです」ほんとはちょっと重たかったが、ここで手伝ってもらっては男がすたる。「お任せてください」

「いま、頭に『お』つけたでしょ。はは。変なの」

岸谷とふたりきりだから変になっているのだ。

そうだ。ふたりきりだ。

これ以上ない絶好のシチュエーションである。いまこそチャンスだ、誘うんだ。いま誘わないでいつ誘う？

ぼく、今日、おはぎ、つくってきたんですよ。どうです？　いっしょに食べませんか。クーラーボックスを運びながら、何度となく練習した台詞を胸の中でおさらいする。

「岸谷さん、あの」

「ごめん、ちょっと待って」

岸谷が立ち止まった。右手にはケータイがあった。ジィィイジィイイと震えるその画面を見ると、彼女は舌打ちをした。それだけではない。眉間にしわを寄せ、険しい顔つきになった。ケータイは震えたままである。

どうするのだろう。

西本も立ち止まり、岸谷を見つめた。ひとは皆、とくに男性の場合、豊満な胸ばかりに注目する。でも西本が彼女に惹かれる理由はそこではない。潤みがちな瞳だった。やや垂れているのが、本人は気にいらないという。でも西本にはそれが愛らしく見えてたまらなかった。

「ったくもう」意を決したかのように岸谷は着信ボタンを押し、ケータイを耳に押し当てた。

「いい加減にしてよ」第一声から喧嘩腰だ。「何度言ったらわかるのさ。あたしはあたしで忙しいの。仕事よ、仕事。会社じゃないわよ。どこにいたっていいでしょ。夕方にはこっちから電話するって言ったじゃない。だからちがうって。男となんかいないって。ふざけないでよ。いい？　ぜったい電話してこないでよ。じゃあね。バイバイ。さようならっ」

岸谷は声高ではなかったが、怒り心頭なのは、そばで聞いていてわかった。閉じたケータイを握りしめたまま、その場を動こうとしない。うつむき加減で突っ立っている。

人生においてこんなシチュエーションははじめてだ。西本はどうしていいのかわからなかった。クーラーボックスを持ち直すと、中で缶ビールやスポーツドリンクが音を立てた。

岸谷が顔をあげた。目が赤く、涙で滲んでいる。

「ごめん」

「い、いえ。とんでもない」

「重たいよね。急がなくちゃ」

「トーキョーハンズさんからの差し入れ、持って参りましたぁ」

応援席ではみんなが弁当をひろげていた。岸谷はクーラーボックスから缶ビールとスポーツドリンクを一本ずつ取りだし、天高くかかげた。

「このどちらかを一本、お選びいただけまぁす」

「おれ、ビール」

間近にいたオジサンが手を挙げて言う。

「おれもビール」「スポーツドリンクおねがぁい。岸谷さん、そっから投げていいよぉ」「だったらおれにも投げてくれぇ。缶ビールねぇ」「おれは」

「待ってくださいよ。いっぺんには無理です。これからみなさんのところをまわりますから」

岸谷が頬を膨らませて言う。オジサン達はうれしそうに笑った。

「待ってまぁす」「早くきてねぇ」

「はいはい」

岸谷がいかにもめんどくさそうに答える。彼女は内側に青い星のマークがついたシューズを脱ぐと、オジサン達が待つ応援席に敷かれたブルーシートにあがっていった。

「西本くん、ぼんやりしてないで。早く早くっ」

「あ、はい」


クーラーボックス二箱分の飲み物はさして時間をかけずに、配りおわることができた。ただし西本と岸谷の分はなかった。まあ、いい。おはぎに缶ビールもスポーツドリンクもあいはしない。空の二箱目を本部に持ち帰ったときだ。

「西本くん、お昼、だれかと食べる約束してあるの?」

「え?　いえ」

「だったらあたしと食べようよ。いいでしょ」

「あ、はい」

思わぬ展開に西本は口元が緩んでしまう。さきほどの電話の相手が何者だったか気にはなる。それでもうれしいことはうれしい。

「どこで食べよっか。ここはいっぱいだし」

本部はけっこうひとがいた。八台ある長テーブルのほとんどは重役クラスのオジサンで埋まっている。ビールが入っているせいか、やけに騒々しい。そんな中、片隅でひとり、千葉課長がコンビニ弁当を食べているのが目に入った。彼のとなりであれば、ふたり座れそうではある。でもそれは嫌だ。

「どうする？　赤組の応援席、いく？」

岸谷が訊ねてくる。朝礼台にあがったときに気づいた大木が西本の目に入る。テントの先、グラウンドよりももっとむこうのそれを指さす。

「あの木の下はどうです？」

そう口にしてから西本は後悔した。だれもいないところでふたりきりになろうと誘っているのだ。断られるに決まっている。ところがだ。

「いいわ。そうしよ。ちょっと待っててね。あたし、自分の荷物、持ってくるから」

「ぼ、ぼくも」

♪キィミのことをモットモット
知ぃりたいなんて
アァタシだってモットモット
知ってほしいわよ
そしたらふたりはモットモット

おぉ近づぅきぃになれるもの
だけどそうはいかないワァケがあぁるぅ♪

赤組の応援団のうしろを、岸谷と並んで歩いていく。なにか話題をふろうと思っても、西本はなにも思いつかなかった。さっきの電話の相手を訊くわけにもいかない。

スピーカーから流れる妙な歌がいやに耳につく。歌詞は一昔前の歌謡曲のようだが、アレンジは今風だ。広川の娘と高城の母親が、歌にあわせて踊っている。見た目は祖母と孫だが、クラスのなかよしのようだ。同好の士といったほうがより近い。

だけどこの歌、どこかで聞いたことがあるぞ。そうだ、工場での新人研修中、生産部のひとたちとカラオケボックスにいったときだ。たしか広川課長が唄っていた。

「あのさ、西本くん」

応援席を通り過ぎたところで、岸谷が口を開いた。

「あ、はい」

「西本くんは会社って好き?」

おかしな質問をしてくるものだ。なんと答えたらいいのだろう。どんな返しをすれば岸谷に気に入ってもらえるのか。さっぱり見当がつかずに、「え? あ、ああ。そうですねぇ」と西本は口ごもってしまった。

「あたしは好き」

「あ、ああ。ぼくもです」

よし。うまいこと切り抜けたぞ。

「どんなところが?」

え?

「あ、あの」西本は朝礼台から見下ろした会社のみんなの姿を思いだしていた。「いろんなひとがいるところです」

「あっ、それ、あたしといっしょ」

「ほ、ほんとですか」

「うん。それにさ。あたし、会社に入って、大人ってたいしたことないなって気づいてね。部課長クラスのひと達でも、あたしの父親くらいのくせして、ふつうにいがみ合ったり、喧嘩したり、悪口を言いあったりしてるじゃない?」

今日はイヤラシイ目で、若い女の子の胸を見ていたオジサンもいましたよ。

「高校や大学んときの男子と、全然変わんないものね。ほんと、見てて飽きないよ。今日の運動会なんて、もっとそうだよね。まったく大人に見えない。こういうのってうちの会社だけなのかな」

「どうですかね」

「よそはもっと大人で、もっときびしいのかもしれないね。うちの会社、今度、運動会やるんだって言ったら、高校んときの友達はみんな、びっくりしてたもの。みんな参加するって言ったら、もっと驚かれたけど」

グラウンドと球場の境にある木にだいぶ近づいてきた。遠目で見ていたよりも、さらに大きく見える。風になびく葉の音が聞こえてきた。

「さっきの電話、カレシからだったの」少し間をあけてから、岸谷が呟くように言った。

「高校んときの先輩でね。大学でて去年就職したんだけど、半年もしないうちに会社がつまんないって、辞めちゃったの。それからバイトもせずにずっとフラフラしてる。あたし、こんとこずっと運動会実行委員で忙しかったから、あんまり相手できなかったのね。ったら、会社に男ができたんだろなんて言いだすのよ。わけわかんないでしょ？」

「え、まあ、はい」

ならば別れてしまえばいいのに。そうはいかないのだろう。まだそのひとのことが好きにちがいない。

西本は胸の痛みを感じた。失恋は数限りなく経験してきた。しかし慣れることはない。


♪可愛いだけじゃダメなのよ（えぇぇぇ？）

強くなくっちゃヤッてけない（ホントにぃ？）

それが当節のオンナノコ（まぁタイヘン）♪


さきほどの歌のつづきが流れてきた。いまはサビの部分だ。

「ごめん。なんか西本くんに文句言ってるみたいになっちゃったね」

「いや、そんなことは全然」

「カレのこと、会社にはないしょにしてるんだ。だからよろしくね？」

ならばさっきはどうしてぼくの前で電話にでたのだろう。こうして口止めをすれば黙っているると思われたのか。だとしたら昼食に誘ったのもこのことを言うために。

「西本くんのそれ、えらくかわいいバッグじゃん。カノジョのだったりして？」

「いえ、あの、これは保冷バッグで」

「保冷バッグ？　なにが入ってるの」

「おはぎです」正直に答えるしかない。

「おはぎ？　マジで？　あたしといっしょじゃん」

「え？」

「田舎のおばあちゃんに電話で聞いて、作ってきた。西本くんは？」

田舎のおばあちゃんは生きてたのか。

「ぼくはネットで調べて」

「なに、手作りなの？」

「あ、ああ。はい」

「こんな偶然ってあるんだ。もしかしてあたしたち、気が合うかもね」

岸谷が笑う。西本も笑顔で返す。

もうじき木に辿り着く。
いまはふたりきりだ。この時間を楽しまねば。
それに、そうだ、失恋だと諦めるのはまだ早い。まだまだチャンスはある。
いくらでもある。いくらでも。

14:00

騎馬戦

　お辞儀をして顔をあげると、広川克也《かつや》の前におなじ生産部の渡部があらわれた。黄色いTシャツを着ている。自社のノベルティグッズだ。その胸には『ピッタンコペッタンコ』のイメージキャラクターが、手を繋いでそれこそフォークダンスよろしく舞っている。

　このひとも歳を取ったもんだ。元から老け顔ではあった。しかしこのところ、急激に白髪や皺が増したように思える。

「やあ、カチョー。ひとつよろしく」

　自分よりも頭ひとつ小さい渡部の両手を握り、オクラホマミキサーにあわせて踊った。手もしわしわだった。

「こちらこそよろしくお願いします」

　課長は勘弁してください。いままでどおり、名前でお願いしますよ。

　何度、そう言ったことか。そのたびに渡部は承諾するものの、すぐさま「課長」に戻った。ついには広川のほうで訂正するのをやめた。根負けというほどではない。面倒になっただけである。

しかし渡部に「課長」とよばれるたび、莫迦にされている気がしてならなかった。字で書くならば、けっして漢字の「課長」ではない。カタカナの「カチョー」だった。八王子の工場には広川以外にも課長は数人いる。パートのオバチャン達はその課長達にむかっては、名字に「さん」付け、あるいは名字に「課長」を付けて呼ぶ。ところが広川にむけは「カチョーさん」と呼んだ。ぜったい渡部の影響だ。わざとではなく、自然とそうなってしまったらしい。

　新入社員だった頃、渡部に仕事を教わった。叩き込まれたというべきか。ずいぶん鍛えられたものだ。いまの自分があるのはまちがいなくこのひとのおかげである。感謝はしていると同時に、扱いづらいのも事実だ。

　よもやこのオジサンと、ダンスを踊る日がくるとは。

　酒の匂いが鼻につく。昼時に缶ビールを配られ、広川も呑んでいるが、ミニサイズのものだ。あの一本でこれほど匂うとは思えなかった。

　そういやこのひと、昼前からベロベロだったたな。

　社内運動会をやること自体、広川は反対ではなかった。会社のみんなが一堂に会するのはいいことだ。本社と工場のあいだで、意思が通じないことはままある。この場で顔見知りになれば、今後、仕事がスムーズに運ぶかもしれないと思うからだ。

　だけどフォークダンスはやらなくてもいいだろう。それも全員参加だなんて。

カキツバタ文具は女性が少ない会社だ。社員ぜんたいの一割程度しかいない。パートのオバチャン達を含めて、ようやく二割強か。今日は社員の家族もいるので、男七、女三といったところだろう。これまでダンスをしたのはすべて自分より年上のオジサンだった。オジサンを間近で見るのはもううんざりだ。やがておれもこうなるのかと、情けない気持ちにすらなってくる。

すでになっているかも。なってる、なっている。三十七歳は立派なオジサンだ。自覚しなくちゃいけない。

娘の恵《めぐみ》に「トーチャン、くさい」と言われることがある。一度や二度ではない、しょっちゅうだ。ただの悪口のつもりで言っているのかと思っていたが、ほんとに匂うらしい。

加齢臭ってことかよ。やんなっちまうぜ。

娘に嫌われる原因がそれだとすれば、なにか対策を考えねばならない。さきほど踊った営業二課の井草課長は、オーデコロンの匂いをプンプンさせていたが、加齢臭対策のつもりだろうか。だとしたら大失敗だ。

渡部がお辞儀をしている。広川も慌てて頭を下げた。つぎの相手も自分より年上のオジサンだった。人事課の千葉課長だ。彼もまた渡部と同様、『ピッタンコペッタンコ』のTシャツを着ていた。長袖のジャージを脱ぎ、腰に巻きつけている。

千葉は真剣なまなざしだ。カツラのせいか、額に汗が滲んでいるのが見てとれる。みぃぎ、みぃぎ、ひだりっ、ひだりっ、と小さくつぶやくのが聞こえる。そのくせ動きが鈍く、踊りづらくてしようがない。だが文句は言えない。

娘の恵もフォークダンスの輪の中にいた。最年少の参加者だ。とても上手に踊れている。いまとなりにいる千葉に比べたら格段の差だ。先日、幼稚園の運動会で踊ったばかりというのもあるが、なによりもリズム感がいい。動きが曲にばっちりあっている。そして手足の指先までしなやかできれいだ。園児の中でもトップレベルだった。バレエやダンスを教わっているわけでもないのに、あれだけのことができるのは、天賦の才能にちがいない。

幼稚園で撮影した恵のダンスをテレビで見ながら、妻の真子《まこ》にそう言うと「たかがフォークダンスで、おおげさすぎるわ」と笑われた。「親の欲目もいいところよ」

真子のヤツめ。ちっともわかっちゃいない。あいつ、おれの言うことはどんなに正しくたって、否定しなきゃすまない性分だからな。親の欲目なもんか。ただの事実だ。

あと五人で彼女と踊ることができる。今日、楽しみにしていたことのひとつだ。どうしても実現したい。親子デカパンの失敗をここで取り返さねば、と広川は思う。

妻の真子は多趣味だった。興味を持ったものは、トコトン勉強しなければ気が済まない質なのだ。専業主婦であるにもかかわらず、五ヶ国語をしゃべることができ、二十数個の資格を持っていた。

いまは郷土史研究のサークルに所属し、ベリィダンス教室に通い、フィンランド語を通信教育で勉強していた。これでもだいぶセーブしているほうだ。恵が生まれる前は、さらに多くの習い事を掛け持ちし、広川よりも帰宅が遅くなることもざらだった。

妻の趣味に関して、広川は不平や文句を言ったことはない。それどころか娘の世話もできるだけ協力している。土日はとくにそうだ。今日、妻は郷土史研究のサークル仲間と、市の北端にある古墳見学にでかけていった。

「あたしもママとコフンにいきたいっ」

家をでる前、恵はだだをこねた。いつものことである。こうなることは予測済みだ。広川は娘の機嫌をとるため、昨日のうちに、彼女が最近はまっているテレビアニメ『プリキャラ』のグッズを購入してあった。それも二点である。ひとつはぱっと見、スマートフォンのような代物で、パネルに触れると、いくつかの音が鳴った。ヒロインが変身をするときにつかうアイテムである。もうひとつはスウェットだ。ヒロインが変身したのちの服装を模しており、胸にリボンを象った模様がプリントされていた。

恵はたいそうよろこび、すぐさまスウェットに着替えると、車に乗り込んだ。車中では変身アイテムの使い方を、仕様書も見ずにあちこちいじくりながら一通りマスターしてしまった。ピロポロリンやらプロロロロンやらピュユユユィィンやら、耳障りな音はうるさくてかなわなかったが、娘の機嫌を損ねるわけにはいかないので、広川はぐっとこらえた。

今日一日、どうにかなりそうだ。

そう思っていたが、とんでもなかった。運動会の会場に着いた途端に、ふたたび恵はぐずりだした。やっぱりママとコフンにいきたかったと言いだす始末だった。

古墳のなんたるかも知らないくせに。そう思いつつ、なだめすかして、親子デカパンにふたりで参加しようとした。それがまずかった。あれほど拒絶されるとは思ってもいなかった。広川は娘をなだめながら、自分の声に怒りが含まれていることに気づいた。我慢の限界だった。そのときである。

お子さんが怖いって言ったのは、あなたのことじゃなくて？

娘とおなじくらい派手なピンク色のスウェットを着た女性に言われた。高城の母親だった。あれこれ言う彼女の相手をしているあいだに、恵は踵を返して逃げてしまった。追いかけてすぐ捕まえることはできた。泣き止んではくれたものの、機嫌は直らなかった。応援席にもどっても、膨れっ面でそっぽをむき、父親のほうを見ようともしなかった。

ピロポロリン、プロロロロン、ピュユユィィン。

グラウンドに背をむけ、体育座りをして変身アイテムをいじくっていた。勝手にしろ。すっかりくたびれた広川は娘の相手をするのをあきらめた。

すると突然、「それってプリキャラのでしょ」恵に声をかけてきたひとがいた。また高城の母親だった。グラウンドではピンポン玉運びがおこなわれていた。「おばさんもプリキャラ大好き。毎週、かかさず見ているのよ」

六十歳前後だろう彼女は娘の前にしゃがむと、プリキャラについて、あれこれ話をしはじめた。はじめのうちは「うん」とか「はあ」とかいう返事しかしなかった恵も、やがて自分から話すようになった。

「三にんめのプリキャラがだれだか、おばさん、わかる？」

「クラスメイトのホノカちゃんでしょ？」

「ちがうわ。お花やさんのウチダくんよ」

「なに言ってるの。ウチダくんは男の子だから、プリキャラになれるはずないでしょ」

「おばさん、ウチダくんがほんとにオトコのコだとおもってるの？」

「え？　ちがうの？」

「ウチダくんって、ケーキつくるのうまいでしょ。おサイホーとかアミモノも。あと、ほら、まえのまえのおハナシでウチダくんがマオウにおそわれたときに、いやぁあんってヒメーをあげてたでしょ」

「あれね、あたしも変だと思ったのよ。男の子がどうしてあんな声だすんだろうって。からだクネクネくねらせていたし」

「そうそう。それがなによりのショーコよ」

そしてついに恵は広川にむかってこう言った。

「トーチャン、あたし、このおばさんといっしょにいていいよね。ね？」

広川は駄目とは言えなかった。

娘は高城の母親に連れられ、赤組の応援席へうつっていった。ちょうど広川のいる場所の真向かいだった。そこには高城もいた。三人で赤組に声援を送ったり、綱引きに参加したり、フォークダンスの練習をしたりしていた。

昼の休憩にも娘は広川のもとへ戻ってこなかった。高城母子と食事をしていた。広川はくる途中、コンビニに寄って買ってきた弁当を食べていた。恵のぶんもむろんあったが、無駄になった。持参したビデオカメラを娘にむけ、ズームにして見てみると、彼女はどでかいサンドイッチにかぶりついていた。それもとてもうまそうにだ。

トーキョーハンズの差し入れだという缶ビールを一気呑みしていると、赤組のべつの場所にいる営業一課の額賀とその家族が目に入った。奥さんと娘である。額賀は若い。三十になりたてくらいのはずだ。たしか同い年の奥さんとは大学生のときにできちゃった婚をしたので、娘は恵よりもずっと上である。小学四、五年だろう。ふたりを相手に額賀はデレデレしていた。奥さんが箸でさしだすおかずらしきものを、「あぁあああん」と彼が食べると、その口を娘が拭いたりするのだ。そんなこと、家族にはもちろん、サービスのいいキャバクラでだって、広川はしてもらったことがなかった。見せつけられた気がして、おもしろくなかった。額賀にしてみれば、ふだんからしていることを人前でやっているだけかもしれない。ならばなおのこと腹立たしい。

昼食時だけではない。額賀家は終始、仲がよかった。親子デカパンでも額賀は娘と走っていた。額賀が競技にでれば、奥さんと娘で声を揃え、応援していた。

許せない。広川は額賀に対して軽く殺意すらおぼえた。

ようやく相手に女性がきた。営業二課の高城だ。

「すまないね。娘がすっかり世話んなっちゃって」

「とんでもない。母親の相手してもらって助かってますよ。あたしとしては思わぬ救世主です」

高城は女にしては背が高く、肩幅もあった。高校時代はソフトボールの選手で、いまでも後輩のところへコーチにいっているとだれかから聞いたおぼえがある。いま着ているジャケットとパンツが、えらく色褪せているのは、そのせいかもしれない。男よりも女にもてるタイプの女だ。それでもむさ苦しいオジサン達のあとには、一服の清涼剤といえた。

「恵さん、心配してましたよ」

「え？　なにを？」

「トーチャン、怒ってるかなって」

「どうしておれが」

「ですよね。怒ってなんかないですよね」

「ああ。もちろんだ」

「よかった」

高城がにっこり微笑んだときには、お互い頭をさげていた。つぎの相手はまた男だった。

「かわいいね、きみ。だれの娘さん？　広川の？　よかったね、パパに似なくて」

今度はさほど遠くないところから庶務課の武藤の声が聞こえてきた。運動会の発起人であり、実行委員長でもある。ついでにいえば広川と同期入社だ。お互い大卒で、年齢もいっしょだった。彼の相手はたしかめるまでもない、恵だ。

「パパじゃないよ。うちはトーチャン」

恵が言う。

「オジサン、トーチャンと同い年なんだよ。そうは見えないでしょ？」

それは認めざるを得ないな。でも娘に言うことじゃないだろ。

粛々と踊りながら、広川は胸のうちでぼやく。武藤は若作りである。広川よりも誕生日は二ヶ月早いはずなのに、十歳は若くみえる。そしていつ見ても楽しそうだった。工場でも本社でも鼻歌まじりで歩いている。ときどきスキップをしているくらいだ。だれかれとなく話しかけ、相手から必ず笑いをとる。工場にきたときにはパートのオバチャン達はもちろんのこと、庭に餌をもらいにくる野良猫にも声をかける。

いつも活き活きしており、明るく屈託がない。悩みなどこれっぽちもないだろう。いままでも青春真っ盛りといった風情だ。

いったいどうしてだろう。広川は不思議でならない。

独身だから？　それはあるな。しかもあいつ、いまだに独身寮に暮らしてるし。

八王子の独身寮は未婚でも二十代後半ともなればみんな自然にでていく。規則ではないが、まわりが若い人間ばかりになれば居づらくなるものだ。広川も入社してはじめの二年だけ住んでいた。武藤は三十七歳になるいまでもそこで暮らしている。

独身寮では交流会と称し、毎月第三土曜日には食堂で呑み会がある。武藤はそれに参加しているばかりか、毎回、幹事をつとめ、なおかつ奇抜な格好で会を盛りあげていた。セーラー服やスッチー、ナース、バニーガールなどの女装はシンプルなほうだ。アニメや漫画のコスプレも多かった。『エルム街の悪夢』のフレディに、『メタルギア』のスネーク、『ウォーリーをさがせ！』のウォーリーなんてものにまで扮していた。

これらの衣裳はドン・キホーテやトーキョーハンズ、あるいは通販などで購入していた。中には武藤が自らつくる場合もあった。広川がいた頃からやっていることで、彼の部屋はこうした衣裳で溢れかえっているにちがいない。

今日の運動会に『仮装ムカデ競走』という種目があったが、これでどうやら武藤の持ち衣裳が利用されるらしい。

先月の呑み会では、日本公演のため、成田空港に到着したばかりのレディー・ガガに扮していたと寮にいる社員から聞いた。

いい歳してなにやってんだか。要するにいつまでも学生気分でいたいんだ、あいつは。青春に終止符をうちたくないのだ。運動会をやりたいなんて、社長に直訴して、自ら実行委員長になるところなど、まさにそうだ。

嫉妬するのは莫迦らしい。さすがに憧れなどはしない。しかし自分とはまるでちがう武藤が、広川は少しだけうらやましく思っていた。

そういえば。

まだとなりで踊っている高城を横目で見る。高城は昔、武藤の部下だったはずである。つきあっているのではないかと勘ぐりたくなるほどの名コンビぶりだった。

「はい、それじゃ、サヨナラね」

武藤に言われ、娘も「さようなら」と丁寧に返していた。さすが我が娘。どんな相手にも礼儀がしっかりしている。教えたわけではない。自然とできるようになっていたのだ。

つぎの相手はまたオジサン。恵はそのつぎだ。あともう少し。と思っていると、オクラホマミキサーがおわってしまった。

そりゃないよ。


広川は拗ねていた。もちろん娘と踊れなかったからだ。白組の応援席でひとり、膝を抱え座っている。彼以外は大盛り上がりだ。うるさくてたまらないが、べつの場所へいこうとは思わない。ここにいなければ恵を見ることはできないからだ。

いま娘は高城の母親といっしょに「赤組がんばぁれぇえ」と声を張りあげている。ビデオカメラを使い、その表情をズームで見てもよかったが、それも虚しく思え、やめてしまった。

グラウンドではオジサンが数名、立てたバットのさきに額を押しつけて、ぐるぐるまわっていた。三回転してから十数メートル先のゴールへむかって走る。ただそれだけの競技だ。

ぐるぐるまわりおわったオジサン達が歩きだす。いや、歩きだそうとするが、目がまわってうまいこと前に進むことができない。三歩も歩けば御の字で、たいがいは一、二歩でダウンだ。応援席は赤白ともに爆笑の渦である。恵も腹を抱えて笑っていた。

楽しそうだな、みんな。

広川は自分だけ取り残された気分になった。

運動会なんかかったるくってやってられるか。そんな金があればボーナスに上乗せしてほしいよ。大方の社員はそう言っていたくせに。

「走ろうとする必要はありませぇん。前のめりでゆっくり進みましょう」

スピーカーから聞こえる声は、社長秘書の富田ではなかった。おなじく女性だが、はきはきとしたしゃべり方だ。運動会ならばこちらのほうがあっているだろう。しかし富田の、なんとも艶かしい声のほうが断然よかった。息づかいも絶妙で、どうにか聞き取ろうと、広川は耳をすませたほどである。

テントの中にある放送席を見ると、営業一課で事務をしている、胸が大きいと評判の子だ。名前は知らない。

どれくらいの大きさなのだろう。

彼女は座っているので、はっきりとわからない。それでもたしかめようとからだを伸ばしたときだ。

「カチョー」

いつの間にかとなりにひとがいた。サングラスをかけた彼は、中腰で広川の顔をのぞきこんでいる。

「どうも」おなじ生産部の弓削直樹だ。彼は広川のとなりにゆっくり腰をおろし、あぐらをかいた。広川は身長百七十五センチ、体重八十八キロなので大柄なほうだ。しかし弓削はさらに十センチは高い。体重は十キロ少ないか。十代の頃、ボクシングをやっていたという彼のからだは二十八歳のいまでも引き締まっていた。日頃の努力を怠っていないせいだろう。毎朝五キロ走り、八王子にあるスポーツジムに通っているらしい。本人から聞いたのではない。彼のファンクラブのメンバーが話をしているのを耳にしたのだ。

筋骨隆々である。そうだとわかるのは彼がからだにピッタリ貼り付いた、迷彩色のランニングシャツを着ているせいだ。太い首には金ピカな鎖状のネックレスがかかっている。そしてサングラス。なぜサングラス？

「よく晴れたもんですねぇ」

弓削は空を仰いでいた。低く渋い声は、入社したての頃からそうだった。新人らしい初々しさなどかけらもなかった。十年経ったいまは貫禄が増している。彼とふたりで、工場に出入りする業者とうちあわせをすると、相手は必ず弓削に顔をむけて話すくらいだ。

「今朝の予報だと夕方から雨のはずなんですけどね。そんな気配はこれっぽっちもないよなあ。雲ひとつない青空だ」

「青過ぎるよ」広川はぼそりと言った。「映画かテレビにでてくるような青さだ」

「言われてみるとそうですね。なんか嘘くさいや」

「サングラスをかけてて、わかるのか」

弓削はサングラスを外した。ぎょろっとした大きな目が露《あらわ》になる。その眼力たるもの、相当なものだ。

「これ、『マトリックス』でキアヌ・リーブスがかけていたヤツとおんなじらしいんですよ。ぜったいに似合うからって、パートの方々からさきほどいただきまして」

弓削ファンクラブか。

今日の運動会にパートのオバチャン達もきている。五十音順にチーム分けをされているはずなのだが、本部のすぐとなりに集結していた。二十人はくだらない。弓削が競技にでるたびに大騒ぎだ。

昼の休憩ではオバチャン達にかこまれて、食事をとっていた。弓削は手をつかう必要はなかった。オバチャン達が自分たちのつくった料理を、口まで運んでくれるからだ。額賀は奥さんと娘のふたりだが、弓削は二十人以上から「あぁあああん」と言ってもらったことになる。

あのオバチャン達じゃ、うらやましくもなんともないけど。

弓削はファンクラブのほうに軽く手を振った。途端、悲鳴があがった。それから彼はサングラスをかけ直していた。ファンの扱い方は堂に入ったものである。

「おまえ、あいかわらずすごい人気だな」

「これも会社のためです」

弓削は冗談めかして言った。しかしほんとうのことだ。弓削のために働いていると公言するパートのオバチャンは数知れない。そしてまた彼女達が広川の指導に従うのは、弓削の上司だからだ。彼の人気が工場の生産を支えているといって過言ではない。

「カチョー、つぎの騎馬戦、でますよね。おれがおなじチームだって知ってました？」

「あ、ああ。そうなのか。騎馬戦って四人だよな。おれとおまえ、残りふたりはだれだ？」

「庶務課のワタナベさんと」

いったいこの会社には何人、ワタナベがいるんだ。『ピッタンコペッタンコ』をはじめ、我が社のヒット商品をつぎつぎとつくりだした矢波夏海の亭主もワタナベだったはずだ。あのワタナベは商品管理部だったし。もうひとり、知っているワタナベは、やめた矢波とおなじ部だったはずだ。

「ワタナベって企画開発部にもいたよな」

そのワタナベが亘鍋と書くのを、広川はおぼえていた。

「彼がいま、庶務課なんですよ」

「『綿菓子消しゴム』を企画した莫迦な」

「莫迦はひどいな」弓削が笑う。とてもニヒルだった。

「だってそうだろ。つくってて、こんなのぜったい売れっこないと思っていたぜ」

「本社はぜったい売れるって、勢いこんでましたね」

「いまの社長がいいって言ったからだよ。だれも逆らえなくなっちまっただけのことだ。あれ一昨年だっけ？」

「やだな。五年も昔の話ですよ」

もうそんなになるのか。

「でもほんとにアイツか？　昔は肩まで髪を伸ばして、茶色に染めてたぞ」

「『綿菓子消しゴム』のことを反省して、坊主にしたんでしょう、きっと」

「残りのひとりは？」

「営業一課の三好《みよし》です」

「泣き虫三好か」

「よくご存じで。あっ、そうか。カチョーが本社に怒鳴り込みにいったとき」

「怒鳴り込みなどではない。意見をしにいっただけだ」

「ああ、はいはい」

広川の訂正に、弓削はにやつくだけである。さも、自分はなにもかもわかっていますっていう風だ。

やんなっちまうな。

弓削はこのおれが五反田の本社へわざわざ足を運んで、意見しにいくことを、おれ自身のストレス解消だと本気で思っている。だから怒鳴り込みなんてくだらない言い方をするんだ。冗談ではない。だれかが言わなきゃならないことを言いにいくだけだ。それで会社ぜんたいの風通しがよくなり、本社と工場の結びつきがより強化される。おかげで仕事がスムーズに進むことはいくらだってあるんだぞ。こいつはなにもわかっていない。もしかしたら会社のだれもわかっていない。

「カチョーが本社に意見をしにいったとき、三好が泣いたってこと、ありましたよね」

まだにやつきながら、弓削が言う。

あったな、そんなこと。

半年ほど前だ。営業一課が見込みをあやまり、商品不足に陥り、工場では社員およびパートのオバチャン達も休日返上で、フル稼働しなければならない事態となった。むろんどうにか乗り切ることはできたものの、一言言わねばと、本社にでむいたときだ。

営業一課長にミスの原因について話を聞いていたところ、近くのデスクで仕事をしていたデブがしくしく泣きだした。

会社にデブならいくらでもいる。広川だってひとのことは言えない。近頃、腹に肉がついてきた。しかしその男はとくにデブだった。ほとんど球体に近いからだつきで、プヨプヨとしており、赤ん坊がそのまま大きくなってワイシャツを着ているかのようだった。

はじめ、泣いているとは気づかなかった。春先だったので花粉症で鼻を啜っているのかと思ったくらいだ。それがやがて「うごがうごご」と嗚咽をもらしだした。やがてデブは立ちあがり、「か、課長だって、い、一生懸命、や、やってるんです。悪くないです。どうしてそれがわかっていただけないんですか。あんまりです」と広川にむかって訴えだした。ぼろぼろと大粒の涙をこぼしながらだ。広川は呆気にとられた。

そのデブこそが三好である。からだもそうだが、顔も赤ん坊のようだった。

入社五年目の三好は『泣き虫三好』と異名があるくらい、よく泣くのだという。営業一課長から後日、そう聞いた。それで営業がつとまるものなのか？　広川は甚《はなは》だ疑問だった。ところがつとまっていた。しかも成績は必ず前年よりも上回っているというから驚きだ。

営業一課は既存顧客が相手だ。馴染みの問屋さんを廻り歩き、いままでの数字を保ってさえいればいいという仕事の仕方をする社員もいる。だが泣き虫のデブはちがうらしい。

「三好くんは少しでもうちの商品を買ってもらおうと、だれに対しても粘り強くがんばるんだ。彼は会社が好きでね。その会社の工場がつくった自信作を、どうして買ってくれないんだと思うと泣くらしい。それが嘘泣きではなく、自然と溢れでてきたものだと、問屋さんにもわかるんだな。そしてだったらもう一グロス頼んじゃおうって気にさせる。わたしも二十年近く営業をやっているけど、自他社問わず、あんな営業マンははじめてだよ」

営業一課長は泣き虫のデブをそう褒め讃え、さらにこうつけ加えた。

「要するに莫迦がつくほど真面目なんだな。きみとおなじだ」

冗談ではない。莫迦がつくほど真面目だ。それは認めよう。でも人前で泣きはしない。

「あんな泣き虫が騎馬戦で使いモノになるのか？」

頰に涙をつたわせる三好の顔を思いだしながら、広川は首をひねった。

「太っているから安定感はあるでしょう」弓削がにやつきながら言う。

「そりゃそうかもしれないけど」

「自分から志願したって、本人、言ってましたよ」

「へぇ」脳裏にはまだ三好の泣き顔があるので、にわかには信じ難い。

「あっ、きたきた」

弓削の視線のさきを見ると、赤ん坊のようなデブがのそのそ歩いてきていた。そのうしろに坊主頭の男もいる。

「三好のうしろにいるのが」

「亘鍋さんです」

五年前とだいぶちがう。髪型はもちろんだが少し痩せてもいるように見受けられた。おなじチームであるのはわかった。しかしわざわざ集まってどうしようというのだろう。

「競技がはじまる前に、作戦会議をしようって三好が言ったんです」

広川の疑問を察したかのように、弓削が言った。

「作戦会議?」

「赤白ともに出場者は男性社員のみ、各々七チームになります」

広川のむかいに座ると、三好はいきなりそう切りだした。頬は紅潮し、鼻息が荒い。ひどく興奮している様子だ。彼は手に持っていた紙をブルーシートに広げた。そこにはずらりとひとの名前が書いてある。四人一組に区切られているのを見て、それが騎馬戦のチーム分けだと広川はすぐに理解した。きちんと印字されたものである。

こんなもの、どこで入手したのだろうと訝《いぶか》しく思っていると、それを察したかのように三好は「昨日、うちの課の実行委員が、デスクにだしっぱなしにしていたんで、コピーしてきました」と言った。少し自慢げにだ。

自慢することかよと思いつつ、広川はそれをのぞきこんだ。赤組のトップに『総大将』と書かれ、社長の名があった。

社長、でるのか。

そう思っていると、白組のトップに自分の名前を見つけた。

「おい、おれが総大将だっていつ決まった？」

「ご存じなかったんですか」

三好はなぜ知らなかったのだと言わんばかりだ。

「ああ、うん。そうだが」

「ご不満ですか」

弓削が言った。ふたたびサングラスをかけている。その風貌のせいか、からかわれているようで、広川はおもしろくなかった。

「もちろん馬上のひとですからね」三好が広川の肩を叩いた。それもポンと軽くではない。バンと音がしたくらいに重々しくだ。「期待していますよ」

赤ん坊に似たふくよかな顔がきりりと引き締まっている。弓削と反対で真剣そのものだ。これはこれで弱ってしまう。なにを期待されているんだかとも思う。

「馬の組み方はどうするんだい？」

亘鍋が割って入ってきた。坊主頭で少し痩せ気味ではあるが、たしかに『綿菓子消しゴム』を企画開発した彼だった。

綿菓子みたいな消しゴムだなんて、売れるものか。

本社と工場の合同会議の際、半分キレ気味で広川は訴えた。だが亘鍋は少しも動じることなく、それどころかこう言い切ったのだ。

売れますよ。おれにはぜったいの自信があります。

あの言葉を信じてしまったおれが莫迦だった、といまでも反省している。合同会議のあと、企画開発の亘鍋はたいした男だとか、なかなかの人物だとか、矢波夏海を越えるね、などとあちこちで言い触らしてしまったというのも、いまとなっては恥ずかしくてたまらない。思いだしたくない過去である。

「ぼくが先頭になります」

三好が鼻息をさらに荒くし、目の色を変えている。なにが泣き虫をこれほどまで騎馬戦に駆り立てているのやら。

「やる気満々だねぇ」弓削が冷やかすように言う。「もしかしてあれか。だれか女にでもイイとこ、見せようって魂胆か」

莫迦らしい。中坊じゃあるまいし。

広川がそう思っていると、三好が「ちがいますっ」と声を荒らげた。かえって肯定しているようなものだ。

いるんだ。この会社にイイとこ見せたい女が。

「そうムキになるなって」と言って、弓削は三好を小突いた。

呆れながら、広川ははたと気づいた。

おれにもいるぞ。この会社ではないが、イイとこ見せたい女が。

赤組の応援席で、恵はチアリーダーのごとく、ポンポンを振りまわしていた。太鼓やラッパとおなじく、事前に配られたものである。とても愛らしい。意味があるんだかないんだかわからない作戦会議なぞやめて、ビデオカメラにおさめたいくらいだ。

「いいと思うよ」亘鍋が言った。「好きな女にイイとこ見せるなんて、なかなかロマンチッ」そこで彼は大きなげっぷをした。酒の匂いがあたりに漂う。「クだ。素敵だよ」

「じゃあ、うしろはおれが右で、弓削くんが左ってことにしようか」

「亘鍋さん、まだお酒が抜けてないでしょう？　平気ですか」

「平気ですかだと？」亘鍋の口調が変わった。『綿菓子消しゴム』のことで、工場に日参していた頃の傲慢さが戻ってきたようだ。彼は右手の親指と人差し指を縦に広げると、「こんなちっぽけな缶ビールを十本ばかし呑んだだけだ。そんなんで酔うものか」

昼の休憩時に配られたヤツだ。しかしどうしてそれを亘鍋が十本も呑んだのかはわからない。そういえばおなじ部の渡部もベロベロだったが、関係があるのだろうか。

「あ、はあ」弓削は亘鍋に気圧《けお》されている。

「それで、どうなんだ。どんな作戦でいくんだ」

広川は三好にむきなおった。視界から娘が消えるがやむを得ない。

「この中で」三好は騎馬戦リストの紙を、指でとんとんと叩いた。「潰してやりたいチーム、ありませんか」

「あん？」弓削が訝しげに訊ねる。「潰してやりたいチームってことは」

「ぶっちゃけて言えば、嫌いなヤツがいるチームです」

ぶっちゃけ過ぎではないか。弓削も亘鍋も驚いてはいるが、すぐさま顔がにやつきだした。

「千葉、いるか。千葉」弓削はサングラスを外し、リストを見る。人事課長を平然と呼び捨てだ。「よし、いるな。社長のチームだ。千葉を潰そう、ぜひ潰そう。あいつを潰せば、みんながよろこぶもんな。カチョーは？」

「おれは」

「営業のだれかですか。それとも企画開発？　うちらの部長だったりして。あ、でも、でてませんね。おっ。武藤さんでてますよ。カチョーって、武藤さんが嫌いでしたよね。呑むたびに悪口を言うじゃありませんか。ただのお調子者とか、宴会野郎とか、お祭り莫迦とか」

うらやましいから、その裏返しに悪口を言っただけだ。いまなら額賀か。これまでなんの恨みもなかったが、ああまで家族との仲のよさを見せつけられては、我慢がならない。

そう思っていると三好が、「ぼくは額賀さんを潰します」と言い切った。

「額賀さん、おまえとおなじ営業一課だよな」弓削がチャチャを入れるように訊く。「嫌な顧客を押しつけられたか」

「そんなのしょっちゅうです」三好は腹立たしそうに応えた。「なにせあのひと、仕事ができませんからね。先月も目標の数字に届かなかったんで、課長にないしょでぼくのをちょっとまわしてやりましたよ。でもそんなことで腹をたてたりしません。ぼくは慈愛に満ちた平和主義者ですから」

「わかった」亘鍋がパチンと指を鳴らす。「女絡みだな」

「うっ」三好が言葉をつまらせた。

「なるほどねぇ。額賀さん、あんな顔して、女癖悪いからなぁ。おれなんか女にもてるっていっても、オバチャンばっかだから、手ぇだす気もしないけど、額賀さんの場合、手当たり次第だから始末におえないし」

弓削がなぜだか感慨深げに言う。

額賀の女癖については広川も知っていた。それでいてどうしてあれほど奥さんや娘に愛されているのか、さっぱりわからない。家族にばれないよう、よほどうまいことやっているのだろう。

とてもではないが、広川にはできない真似だ。女遊びと言えるのは、せいぜい五反田のキャバクラである。それも超過料金をとられないよう、時間を気にしながらだった。

「て、手当たり次第なんですか」三好は目を丸くしている。

「噂じゃ、顔もからだも好みというものはないんだとよ。だから浮気で二股三股当たり前らしいぞ。さすがに社内の女には手をださないそうだが」

「どうだか」弓削の言葉を亘鍋がやんわりと否定した。「夜の渋谷で、額賀のヤツが、会社の女と連れ立って歩いているところを、見たことがある」

「だれです、その会社の女っていうのは」

弓削が身を乗りだして訊ねたものの、「そこまでは言えない」と亘鍋は首を振った。

「騎馬戦の参加者は、入場門裏にお集まりくださぁい。よろしくお願いしまぁす」

運動会実行委員らしき社員が、応援席の裏手で、声をあげた。

「いきましょう」三好がいちばんに腰をあげた。

「おい、早まるなよ。まだ亘鍋さんの嫌いなひと、聞いてないだろ」

「弓削くんとおなじだよ」

当の亘鍋はすでに立ち上がっていた。

「やっぱり千葉ですか」

「いや。おなじチームってこと。赤組の総大将」

『綿菓子消しゴム』が失敗におわった途端、社長は亘鍋にひどく冷淡になったらしい。あの亘鍋という男にはすっかりだまされたよ。工場で社長がそう言っていたのを、広川はじかに聞いたこともあった。広川もまた、そう思ってはいた。しかしそのときばかりは亘鍋に同情した。彼が社長をうらんでいても当然である。

「よし、いくか」

広川も立ち上がり、四人揃って、入場門へむかった。

「ちょっとまだ、全員揃ってないようなんですが、とりあえず騎馬戦についてルール説明をさせていただきまぁす。よろしいでしょうかぁ」

ハンドマイクをつかって、武藤が話をしだした。入場門の裏はオジサンおよびオジサン予備軍でごった返していた。広川達は武藤からそう離れていない距離なので、ハンドマイクからの彼の声がうるさくてかなわない。

「馬上のひとに赤組には赤、白組には白の鉢巻をしてもらいます。これを奪いあってください。それとぉ、西本くん、いまきみが持ってるそれ、高く掲げてくれない？」

「あ、はい」

西本が妙ちくりんなものを掲げた。金色の色紙を巻きつけたV字形の厚紙に太めの鉢巻がくっついている。それを両手にひとつずつだ。右手のは鉢巻が赤、左手のは白である。

「この兜を赤白それぞれの総大将にかぶってもらいます。西本くん、総大将ふたりに渡してきて。おっと、いけない。大事なことを言うのを忘れてた。総大将の兜は三点、他の方のは一点ですからね」

兜を受け取ると、どこからか「パパァアア」と女の子の声が聞こえた。恵ではない。それでも声のするほうに顔をむけた。

額賀に娘が抱きついていた。

「気をつけてね、パパ。無理しちゃ駄目よ」

そう言ってから、額賀の娘は社長のほうにからだのむきをかえ、「パパがいつもお世話になっています」と頭をさげた。

「よくできたお子さんだねぇ。奥さんに似てかわいいし」

社長が手放しにほめている。

ふん。パパに仕込まれてやってるだけのことだ。猿回しの猿と変わらない。奥さんに似てかわいい？　笑わしちゃいけない。かわいさだったら、うちの恵のほうが数段上だ。　親の欲目ではない。けっしてちがう。

「カチョー、兜、つけましょうか」

「あ、うん。頼もうかな」

そのときオジサンおよびオジサン予備軍の群れの隙間に、目にも鮮やかなピンク色が横切っていくのが見えた。

恵？

目をこらして見直したものの、娘らしき姿はどこにも見当たらなかった。

恵。トーチャン、全然、怒ってないぞ。

どん、どん、どん、どん。

太鼓の音が鳴り響く。叩いているのは社長秘書の富田だ。つきだしたお尻にうっかり目がいきそうになるのを、広川はこらえねばならなかった。きっと他の男達もそうにちがいない。

グラウンドでは両端に赤白それぞれの出場者が並び、騎馬を組む。できた騎馬に広川は乗り込んだ。

「おりゃあぁあああ」

赤組から雄叫びのような声がした。社長だ。いつもの頼りなげな感じはない。それにあわせて七チームの騎馬が一斉に立ち上がる。

「広川課長はファイトでお願いします」

三好に言われ、なぜ？　と思いながらも、広川は「ファイトォォォオオ」と力の限り叫んだ。すると白組の騎馬達が揃って「イッパァアアッッ」と返し、立ち上がった。

「金曜のうちに、こうしようって、社内メールを送っておいたんです」

三好が言う。なるほど、そういうことだったのか。

むこう正面にいる社長と目があった。一瞬、そらしかけたものの、広川は思い直してそれを堪えた。会社では社長と課長だ。しかしいまはちがう。それぞれ赤白の総大将、立場はいっしょである。それにここで怯んでは、味方の士気が下がるというものだ。

社長は厚紙でつくった兜をかぶり、神妙な顔つきで腕組みをしている。あれで威厳をしめしているつもりなのか。とんだ莫迦殿だ。

いや、待て。おれも社長とおなじ、手作りの兜をかぶっているんだっけ。とするとだ。他人から見たおれは、社長のあれなのか。たはは。情けない。

「まずだれから」

「おまえの嫌いなヤツからにしよう」

三好の問いに広川は答えた。

太鼓の音がやむ。だれが指示したわけでもないのに、応援席はしんと静まりかえっている。厳かな雰囲気となり、否が応でも緊張感が高まる。広川も社長とおなじように両腕を組んでいた。

「騎馬戦、開始っ」

富田がホイッスルを吹き鳴らした。

「いけぇぇぇぇぇぇぇぇ」

そんなことを言う気はさらさらなかった。しかし思わず口をついてでていたのだ。

「おりゃあぁああああああ」「どわわああああああ」「おんどりゃあああ、げふ、げほ、だぁああ」

馬になった三人も声をあげていた。想像以上に速い速度だ。とてもではないが、まっすぐになどは立っていられない。うっかりすると振り落とされそうだ。広川は両手を三好の肩についた。するとそのとき右側からひとの手が伸びてきた。慌てて払いのけようとすると、般若のような面相が間近にあった。

オーデコロンの匂いが鼻につく。営業二課の井草課長だ。気配りに長けた男とは思えない、信じ難い変わり様だ。これが井草の本性だったのか。

広川の馬は井草の馬によって、動きを止められてしまった。

「ざけんなよ、てめぇ」「いてぇっつうの」「調子ん乗ってんじゃねぇよ」「ただじゃおかねぇぞ」「どけったらどけよ」

馬同士の罵りあいの上で、広川は井草と取っ組みあいだ。ここで兜を取られては元も子もない。いっそのこと手にでも嚙みついてやろうか。さすがにそれはまずいか。ならばこいつでどうだ。

「おりゃっ」

広川は井草に頭突きを食らわした。

「おごっ」と呻いたものの、井草は広川から手を放そうとしなかった。そこでもう一発、見舞ってやった。まだかよ、おい。二発、三発、四発と頭突きを連打する。

「おご、うが、ごげ、がが」

おでこが痛くなってきた。すると井草が手を外す。その機を逃さず、彼の赤い鉢巻を奪い取った。

「お見事です、カチョオォ」弓削が言った。ほんとにうれしそうだ。「一時はどうなるかと思いましたよ」

「トロトロするな。額賀はどこだっ」

「あそこですっ。社長を護衛してます」三好が叫ぶ。

「ちょうどいい。二騎まとめてやっつけちまおう。トォォツゲキィィイイ」

近づくにつれ、額賀の顔が強張っているのが見てとれる。額賀ばかりではない。彼を担ぐ男達もみんな、強張った顔をしている。

「ヤバイヤバイ」「むこうはマジだぞ」「ぶつかるぶつかる」「右にそれろ、右だ、右っ」

右にそれる、ということは。

広川は右手を三好の肩に置いたまま、中腰になって、左腕を横に伸ばした。三メートルほど手前でそれた額賀の騎馬が横を通っていく。

うまくいけば額賀の鉢巻がとれる。はずだった。

ところがだ。目測を誤った。左腕はもう少し高い位置に伸ばすべきだった。

「うごわっ」

額賀は妙な声をあげ、落馬していった。

「すげぇ、広川さんっ」亘鍋が賞讃の声をあげた。「スタン・ハンセンもビックリのウエスタン・ラリアット」

「ざまぁみろって言うんだっ」

三好が笑っていた。どれだけ額賀に不満があったんだか。

「ユゲちゃぁあぁん、がんばってぇぇ」「エル・オー・ブイ・イー・それゆけユゲちゃんっ」弓削ファンクラブだ。「ついでにカチョーさんも」はいはい、ありがたいこって。

「ワタナベエエエェ、ワタナベェェェェ、われらぁはワタナベェェェェ」

なんだ、あの歌は？　亘鍋を応援しているのか。

「イケイケ、三好っ。泣き虫三好。泣いたら挟んで捨てちまうぞ」

からかっているようだが、声からすると本気の応援だ。

社長の騎馬は目前である。右へ逃げようか左へ逃げようか、まごついている。広川達の気迫におされているのはたしかだ。

「ユゲちゃぁあああん」「カチョーさぁん」「ワタナべェェエ」「三好ぃぃいい」「トオオォォチャァアアン」

恵だ。恵の応援が耳に入ってきた。

「トオォチャァン、トツゲキィィィ」

いいところ見せなきゃ。最愛の娘の前で。

「かぁくぅごしろぉぉぉ」

広川は両手をあげ、吼えた。

15:00

仮装ムカデ競走

「パパ、パパ」娘の声が聞こえる。

「あなたっ。しっかりして」妻の泰子《やすこ》だ。

額賀靖春《やすはる》はまぶたを開こうとするが駄目だった。

どこだろう、ここは。家ではない。今日は会社の運動会だ。家族三人揃ってきていたはずだ。

額賀は自分が騎馬戦にでていたことを思いだした。

でていて、えぇと、それから。

入場門をくぐり、太鼓の音が鳴り響く中、騎馬を組んだのはおぼえている。想像以上に激しい戦いが展開された。怒声と罵声と奇声が飛び交い、騎馬は遠慮なしにぶつかりあい、馬上の者は敵の鉢巻を奪うので必死だった。

日頃の鬱憤を晴らしただけだったとしても、なにがきっかけでそうなったのか。

みんなどうかしていた。いちばんどうかしていたのは白組の総大将だった広川課長だ。日頃からどうかしているひとではある。なにかにつけ、営業部に文句を言いにやってきては迷惑がられていた。言っていることがなまじ正論なので始末が悪い。額賀も幾度か、被害にあった口である。

広川の騎馬の先頭がおなじ営業一課の三好だったのは驚いた。体重百キロを超す巨漢でありながら、ノミの心臓の持ち主で、泣き虫三好の異名があるくらいだ。その彼が騎馬の先頭にいるばかりか、鬼のような形相で走ってくるのを見て、額賀は度肝を抜かれた。

広川の騎馬が自分の騎馬をめがけ、猛進してきたのはおぼえている。社長の護衛などさっさとあきらめ、逃げようとした。

そこからさきが満足に思いだせない。

どん、どん、どん、どん。

太鼓の音が耳の奥でくりかえされている。厳かに鳴り響き、グラウンドぜんたいを支配していたあの音が、男達の内にあった闘争心を呼び起こしたのかもしれない。

太鼓を叩いていたのは社長秘書の富田絢花だった。白に薄紫色のラインのスポーツウェアを着た彼女は、からだの滑らかな線がくっきりとでていた。

おれとつきあっていた頃よりも、アヤちゃん、少し肉がついたよな。それがまたそそられるけど。

富田との甘酸っぱい思い出が胸に広がっていく。

会社の人間にばれると面倒だから、社内では女に手をだすまいと自ら誓っていた。その禁を破り、不倫をした相手である。けっこううまいこと、隠し通せた。富田が言ってさえなければ、いまでも社内のだれも知らないはずだ。

ただし二度、ふたりでいるところを目撃されたことがあった。一度目は渋谷で腕を組んで道玄坂をのぼっていく途中、庶務課の亘鍋とすれちがった。彼は額賀を見て、怪訝な顔をしただけだった。二度目は社内だ。滅多にそんなことはしないのだが、階段の踊り場で富田とでくわし、軽くキスを交わしたことがある。富田は下へいき、額賀は上に上っていくと、おなじ部署の三好が立っていた。なんだよ、と話しかけても三好は無言のままだった。

どちらもその後、ふたりの仲を問い質すことはなかった。噂になることもなかったので、だれにも言わなかった可能性が高い。

三好が富田に好意を持っていることを額賀は知っていた。呑み会の席で白状させたのである。

おまえみたいなデブ、彼女は見向きもしないさ。

「靖春くんっ」

名前をくん付けで呼ばれ、額賀はどきりとした。こんな呼び方をするのはこの世でただひとり。

お、お義父さん？

泰子の父である。二年前、地元の銀行を定年退職し、いまは悠々自適に暮らしている。額賀は義父が苦手だった。天敵だと言ってもいい。初対面から最悪だった。貴様が泰子をキズモノにしたのかと言った途端、殴りかかってきた。

それにしてもいつ東京にでてきたんだ？　そんな話、聞いてないぞ。しかも運動会にまできているなんて。夢か。これは夢なのか。

「返事をするんだ、靖春くんっ」

いやだ。夢だって、だれがあんたの指図になんか従うものか。

「泰子。靖春くんの頰を叩きなさい」

「はいっ」妻は元気よく答えている。義父の言うことは絶対なのだ。

ぱしっ。額賀は頰をしたたかに打たれた。平手打ちだ。二発、三発、四発。

「あなた。ねぇ、あなた」

叩かれるたび、暗闇に火花が散る。

痛いよ、痛い。痛いって。

訴えているものの声はでない。されるがままである。

「そんなんじゃ駄目だ。私がやろう」

いやいやいや。いいですよ、お義父さん。勘弁してください。お願いです。やめてください。

ばしっ。妻のと比べものにならないほどの強烈な一発が右の頰に飛んできた。火花どころではない。暗闇だった世界が真っ白になった。

額賀はふたたび、まぶたを開こうと試みたが、だめだった。つぎに叫ぼうとした。しかし言葉にはならず、「うごご」と喉を鳴らすくらいしかできなかった。

ばしっ。今度は左の頰を叩かれた。

「おじいちゃん」遥《はるか》が叫ぶ。「パパ、なにか言ったみたい」

おお、さすが我が娘。気づいてくれたか。

「ほんとか、遥。おい、靖春くん。聞こえるかぁあ」

義父が耳元で叫んだ。鼓膜が破れそうだ。

聞こえています、聞こえていますよぉお。だからもう頰を叩くのはやめてください。

改めて声をだそうと努力した。だが結果はさきほどと変わりなかった。

「うぐぐ」

「気づいてはいるようだな。あと二、三発」

叩かないでください。許して。

そのときまたべつの声が聞こえてきた。

「はぁい、どいてどいてぇ、みなさん、どいてくださぁい」

男だ。軽くてテキトー、なのに耳を傾けないではいられない声。まちがいない、あのひとだ。

「ここはひとつ、わたしにお任せを。はい、みなさぁん、額賀くんから離れてくれませんかぁ。近くにいると濡れちゃいますからねぇ」

「それ、なにが入ってるんですか？」

遥が訊ねているのが聞こえた。

「魔法の水」

武藤がそう言った途端だ。額賀の顔に水がかかってきた。あとからあとから止めどもなくだ。

「おぉぉい、額賀ぁああ。起きろぉぉおお」

水が口の中にまで注ぎ込まれてきていた。

「どふへはあ、げほ、げへげへ」

額賀は噎《む》せながら、身を起こした。

「パパッ」「あなたっ」「靖春くんっ」

家族が歓喜の声をあげてくれた。みんな自分を取り囲んでいる。

「はい、オッケー」名札がついた水色のジャージの武藤は楽しそうだ。右手にやかん、左手にはなにを持っているのだろう。彼はそれを額賀にさしだした。「これ、タオルと着替えのシャツね」


ったく、もう。

タオルはカキツバタ文具のお年賀用だった。いささか小さいが、それでもないよりはましだ。額賀は濡れた頭をごしごし拭きつづけた。上着もTシャツも魔法の水のおかげでビショビショになった。ズボンやパンツはさほど濡れてはいないので我慢はできる。

グラウンドではいまなにもおこなわれていないが、応援席は大わらわだ。つぎの種目、『仮装ムカデ競走』の準備のためである。参加者があちこちで着替えている最中だった。「女性の方はトイレ斜め横の通路を入ると、更衣室がありますので、どうぞそちらをご利用ください」とさきほどアナウンスがあった。「なお衣裳はすべて、本日の運動会実行委員長、総務部庶務課の武藤猛さんにご提供いただきました」

武藤が独身寮の呑み会に、入社以来ずっとコスプレで参加をしている話は知っていた。寮の空き部屋にその衣裳をしまっていることもである。

でもまさかこれほどの量とは。ここにいる四分の一は着替えているぞ。

「なぁに、そのTシャツ?」

泰子があきれ顔で言う。となりの義父もおなじ表情だ。ふだん妻を見ていて、それほどとは思わないが、父子ふたり並ぶと団子鼻が際立つ。

「うちの商品に『ピッタンコペッタンコ』ってあるだろ」と言いながら、額賀は遥のとなりに腰をおろした。「あれのキャラクター」

「だからさっき、おなじの着ているひとがいたのね」

「ダッサァアア」

「ハルちゃん、そんな言葉つかっちゃ駄目でしょ」

「だってぇぇ」

「ゆるキャラか」

義父は小莫迦にした口調だ。いつものことである。いちいち気にしていたら身がもたない。

お義父さんがここにいる理由を額賀はまだ訊いていない。今夜はうちに泊まっていくのか。幾日かいる可能性もある。ああ、いやだ、いやだ。勘弁してくれ。

「おじいちゃん、ゆるキャラなんて言葉、知っているんだ。わっかぁああい」

「だがいくらゆるキャラといって、その絵はないと思うがね。ハルちゃんのほうがずっとうまい」

「そうよ。あたしのほうがずっとじょうずよ、パパ」

額賀もそれについては異論がない。

「そんな子供騙しで売上げを伸ばそうなんて、安直すぎやしないか」

いや、まったく。おっしゃるとおりです、お義父さん。でもね、声を張り上げて言う必要はないと思いますよ。まわりみんな、うちの社員なわけですし。

ピッタンコとペッタンコは、著名なイラストレーターに描いてもらったものである。会議でその原稿料を聞いたとき、額賀は我が耳を疑った。自分の給料の半年分だったのだ。同席した他の社員達も目が点になっていたことを額賀はいまでもおぼえている。

倉庫に眠っているほかの大量のグッズにも、どれだけ予算をつぎ込んだことか。たしか着ぐるみまでつくったはずだぞ。

と思いだしていると、その着ぐるみが目に入った。

「はぁぁぁい、みなさぁあん、われらがピッタンコとペッタンコが今日の運動会の応援にかけつけてくれましたぁ」とアナウンスが流れる。

「だれがこんなものをつくろうと言いだしたんだね？」義父はまだ話をつづけていた。「口のうまい広告屋にでも騙されたとしか思えないが」

広告屋に騙されたのではない。社長に騙されたのだ。

この企画は社長の発案だ。優柔不断で決断力に欠ける性格にしては珍しいことだった。しかも自ら率先して動いた。イラストレーターを決めたのも社長である。原稿料の交渉もだ。その場に居合わせた社員の話だと、相手の言い値だったという。

それで『ピッタンコペッタンコ』の売上げが伸びればまだよかった。ほんの僅かでもだ。ところがそれを境に下がる一方なのが現実だ。

「どうなっとるんだ、靖春くん、きみの会社は。これからさき、きちんとやっていけるのかね」

「いや、まあ、なんとか」

どうだろう。わからない。

ボーナスは据え置き、福利厚生は削られていく一方だ。給料がカットされるのも時間の問題にちがいない。転職を考えることはしょっちゅうだ。常に頭の隅にある。その類いの情報誌を買ったことも一度や二度ではない。だが転職をしたからと言って、いまよりもいい給料を貰えることは、まずないだろう。額賀はなんの資格も持っていなかった。せいぜいが車の免許だけだ。といってなにか資格を取る気は起こらない。勉強をする時間がないわけではない。でも面倒だ。

人様に誇れるような、会社での実績もない。皆無だ。旧来の顧客や馴染みの問屋を廻り歩いているだけである。自社の商品を右から左へ動かしているにすぎない。

「駄目な会社ほど、無駄なことにお金を使いたがるのはどうしてだろうかねぇ」

義父の眼は軽蔑の色が濃くなっている。ピッタンコとペッタンコだけではなく、運動会についても言っているようだ。

いいじゃねえか、あんたの会社じゃないんだし。

愛社精神などかけらもない額賀だが、さすがにおもしろくなかった。

「そういった会社に限って、銀行は困ったときにお金を貸してくれないなんて文句を言うんだよ。ふざけるなと言ってやりたいね。銀行だって利益をださなきゃならないんだ。返せる当てのない相手に貸せるものか」

「そうよねぇ」

泰子が神妙な面持ちでうなずいている。父親の言うことはぜったいなのだ。

「わたし、ちょっと、トイレいってきます」

額賀は立ち上がった。もちろんトイレは口実で、義父から逃げたかっただけだった。

「申し訳ありませんでした」

男の野太い声が聞こえてきた。運動会の本部とやらがあるらしいテントの裏を、トイレにむかって歩いている最中だった。仮装したひとびとも、その声に気づいたようだが、かまわず入場門の裏手へむかっていく。足をとめたのは額賀だけだった。声がしたほうに目をむける。自分の揉め事はいやだが、他人の揉め事は大好きなのだ。

生産部の広川課長だった。うなだれたまま立っている。彼の前にはパイプ椅子に座る社長がいる。赤いスポーツウェアではない。『パイレーツ・オブ・カリビアン』のジャック・スパロウに扮している。

「謝ってすむ問題ではありませんよ」

そう言ったのは人事課の千葉課長だ。顔が青い。青ざめているのではない。青く塗っているのだ。髪が黄色い。下に黒髪が見えるので、カツラを取り替えたのでなく、カツラにカツラを被ったのだろう。カツラ・オン・カツラ。ダブルカツラだ。それにしてもいったいなんのコスプレやら。

「あなたは自分がなにをしたかわかってるんですか。社長に怪我を負わせたんですよ」千葉はふだんから嫌味ったらしいが、いまはなおさらだ。「広川さん。どうして社長に飛びかかったりしたんです？」

「どうしてと言われましても。その、熱中してついとしか。ほんとにすみませんでした」

いまの広川には営業に怒鳴り込んでくるときの勢いはかけらもなかった。

「広川課長。ひとの話を聞いていなかったんですか」千葉はうれしそうだ。含み笑いをしている。「わたしはいま、謝ってすむ問題ではないと言ったんですよ」

「ではどうすれば」

「それくらいご自身でお考えになったらどうですかね」

額賀も広川の被害者だ。しかしいまの彼を見て、ざまあみろとは思えない。それどころか同情すらする。もちろんその原因は千葉だ。

「怪我なんかしてないよ」社長が言う。「鼻血をだしただけだし、それももうとまってるよ」

「なにをおっしゃいます、社長」千葉の声がさらに甲高くなった。耳障りなことこのうえない。「いますぐ病院へいきましょう。きちんと検査をお受けになってください。のちのちなにかあっては大変です」

「いや、でも」

社長は悪いひとではない。しかし優柔不断で決断力に欠けている。まわりに振り回されやすい。押しが強い相手だとなおさらだ。

ピロポロリン、プロロロロン、ピュユユユィィン。

ごく間近で奇妙な電子音が鳴った。いつの間にか額賀のとなりにピンク色の服を着た女の子がいた。三、四歳くらいか。スマートフォンに似た玩具を操作している。音はまちがいなくそこからだ。つづけて彼女はこう叫んだ。

「青き空よ、わたしに聖なるパワーを与えたまえ」

「ん、な、なんだ？」

千葉がきょろきょろあたりを見回している。見つかったら面倒だと、額賀はその場にしゃがんでしまった。

「メグ?」とだれかが言った。

ピロポロリン、プロロロロン、ピュユユユィィン。

女の子がふたたび電子音を鳴らす。しゃがんでいるため、額賀は彼女とほぼおなじ目線だ。

その目に涙が光っていることに気づく。

「メグちゃん、そこでなにしているの」

背後で女性の声がした。メグちゃんにちがいない女の子は、どういうつもりか、ぴゅっと走り去ってしまった。

おれもここらで退散するか。

「なにやってるんですか、社長」

額賀は顔だけあげて様子を窺った。赤い革ジャンに赤い革パンの武藤がいた。マイケル・ジャクソンに扮しているらしい。『スリラー』のときのだ。

「広川課長も。こんなとこで、なに突っ立ってるんです?」

「社長にお詫びを」

「詫びるんだったら、白組のみんなに詫びてくださいよ。広川課長が社長にむかってジャンプしたおかげで、白組は騎馬戦を反則負けんなっちゃったんだから」

「しかし」

「いや、詫びるのは意味ないな。ない。全然ない。ここはひとつ白組勝利のためにより多くの競技に参加して、がんばるべきでしょう。仮装ムカデ競走もでましょ」

「武藤くんっ」

「おっ、千葉さん。いいじゃないですか、デスラー総統、ピッタリですよ。金髪のカツラがまたよくお似合いだ。かっこいいなぁ。ささ、千葉さんも早く早く。社長、鼻血とまったんですね」

「おかげさまでな」

「おかげさまって、おれ、なんにもしてませんよ」

ははははと武藤が声をあげて笑う。そんな彼を千葉がうらめしそうな目つきで見ていた。

「ささ。みんな、いきましょう。衣裳着替えるのに、みんながこんなに手間取るとは思ってませんでしたよ。早く早く。急げや急げです」

ぱぁああんっ。グラウンドで銃声が鳴った。いよいよ仮装ムカデ競走がはじまったようだ。額賀はまだトイレに辿り着いていない。できるだけゆっくりとした足取りで歩いている。

なんでおれは泰子と結婚したんだろ。

答えは簡単だ。子供ができたからだ。当時、泰子を含め三人の女性とつきあっていた。泰子は本命ではなかった。正直言えば、三番目だった。大学をでたら、別れることになるだろうな、と思っていたくらいだ。

泰子はできた女房だ。この十年で浮気が幾度かばれたことがあった。いずれも彼女は許してくれた。そしてそのことだけは実家に報告していなかった。

額賀は女癖が悪かった。はじめてカノジョができたのは十四歳のときだ。はじめて浮気をしたのもおなじ歳のときである。以来、ずっとその調子だった。女がひとりだけなんて、からだも心も満たされないのだから仕方がない。

この三ヶ月ばかりは新橋のクラブで働くホステスとよろしくやっている。同い年だというが、たぶん五歳は年上の彼女は、あれこれおねだりしてこないのがいい。食事はワリカン、三度に一度はおごってくれもした。

電話をしようと思い、ケータイに手をかけたが、やめておいた。昼間は寝てるわと言っていたのを、思いだしたからだ。

やだなぁ、応援席に戻るの。まさかお義母さんまできたりしてないよな。

義父もああだが、義母はより強烈だった。

小さな会社で安月給なのはしかたありませんけど、せめて出世なさって、少しでもお稼ぎになってくださらないとこまりますわね。

結婚式当日、額賀は両親および親類縁者がいる前で、義母に面とむかってそう言われた。

残念ながら出世したとしても、給料はそうあがりはしない。部長クラス、いや、それ以上にならない限りは難しい。

そこまでなれるわきゃねえよな、おれ。ぜったい課長どまりだよ。

入社して八年になる。そのあいだ実績はまったくない。主な取引先である問屋をぐるぐるまわって、いつもの注文をとってくるだけだ。こちらから積極的に商品を売り込むなんて面倒なことはしない。これでは営業とはいえない。ただの御用聞きである。それでいいのだ。

仕事は増やしたくない。できるだけ楽をしたい。

額賀は常日頃からそう思っている。だから嫌な顧客は後輩の三好に押しつけた。使い勝手がいい男で、重宝している。どんな願いも叶えてくれるドラえもんみたいなヤツだ。先月など目標の数字に届かなかったので、ちょっとまわしてもらった。

待てよ。

ふと、騎馬戦のときに見た三好の表情を思いだす。

まさかあいつ、そのことで怒ってやしねえよな。

「まずいよ、競技、はじまってるよっ。早く早く」

突然、目の前に全身ピンクの女が飛びでてきた。ピンクのリボンをつけ、フリルのついたピンクのシャツに、これまたフリルだらけのピンクのスカート、その下のスパッツもピンクで、靴もピンクだ。一昔前のアイドルだってこんな格好はしていなかっただろう。だれだろうと思ったら、営業二課の高城だった。

「高城さん、その格好」思わず訊いてしまった。

「あっ、額賀くん。ちがうちがう。あたしはこんなコスプレ、したくないんだ。でも武藤さんがね、これはおれが着たヤツじゃなくて、今日のために特別に誂えたんだからぜったい着なきゃ駄目だって」

「は、はあ」そんな言い訳をされても。

「アキラ、待って」

　富田があらわれた。彼女も高城とほぼおなじ格好だ。ただしこちらはピンクではない。抹茶のような緑色だ。ふたりはコンビらしい。しかしなんのコンビなのか、額賀には見当がつかなかった。

　ひさしぶりに富田を間近で見た。緑色のスパッツに包まれた太腿に目がいく。やはり昔よりも肉がついた。それが額賀の心を激しく揺さぶった。別れるのは惜しい女だったと改めて思う。悔やんでも悔やみきれない。

　富田は額賀に気づいても、目をあわせようとしなかった。高城とふたりでグラウンドへむかって駆けていく。そのうしろ姿を額賀はしばらく見つめていた。

　応援席に戻ると、妻、娘、義父の三人はデジタルカメラを再生し、額賀が録ったフォークダンスを見ている最中だった。

「おじいちゃん。あたし、上手に踊れているでしょ」

「うまいもんだ」義父が優しく応じた。それはもう柔和な笑顔でだ。「泰子の小さい頃、そっくりだよ」

「ママの小さい頃って、あたしに似てかわいかったの？」

「ハルちゃんったら。あなた、自分のこと、かわいいと思ってるわけ？」

泰子がからかう。

「決まってるでしょ。あたし、かわいいわよね、おじいちゃん」

「かわいい、かわいい」義父はうなずいてから、「眉が細ければなお、かわいいのにな」と余計な一言をつけ加えた。

ふん、悪うございましたね。

額賀は胸の内で毒づく。遥の眉が太いのは額賀のDNAのせいである。義父にすればそれが気にくわないのだろう。ついでに言えば、遥は鼻の形も額賀に似て、すっとして先がやや上にむいている。

義父は団子鼻だ。泰子もである。おかげで美人になり損ねたと言ってもよい。妻はそのことを非常に気にしていた。遥は鼻があなた似でよかったわ、と言ったこともある。眉は手入れをすればいいけれど、鼻はそうはいかないもの。

「なんだね、あれは?」

義父がグラウンドに目をむけている。眉間に深いしわができていた。

『パイレーツ・オブ・カリビアン』のジャック・スパロウ（社長だ）、『キン肉マン』にでてきたナントカマン（見覚えはあるが、額賀は名前まで思いだせなかった）、赤白のボーダーのニット帽に、おなじ柄の長袖シャツ、そして黒縁眼鏡をかけた広川（あれはいったいなんのコスプレか）、なぜだか水着一丁の弓削（ファンクラブは大騒ぎ）、マイケル・ジャクソン（武藤だ）、アンナミラーズの制服を着た男（商品管理部の渡辺だ）や、バドガール（ただし男)、キャットウーマン(これも男)などが「えっさ、ほっさ、えっさ、ほっさ」と掛け声をかけながら走っていた。四人一組で縦に並んでおり、ロープで繋がれている。

正気の沙汰ではない。

「仮装ムカデ競走です」

「どうしてムカデ競走で、仮装をするんだ?」

義父が問いつめるように言う。

「どうしてでしょうか」

「ばっかみたい」遥が吐き捨てるように言う。「おじいちゃん、どうしてここにこれたの?」

おっ。そうだ。それはぜひ聞きたい。

「朝いちばんの飛行機で、こっちにきてね。お昼前には鷺宮に着いたんだが」

中野区の鷺宮には額賀の家がある。名義はたしかに額賀だ。でもあれは義父のものだと額賀は思っている。中古の一戸建て、土地の面積は十五坪に満たない。二階建てで間取りは3LDK。三千万円以上の価格だったことは、入居後に泰子から聞いた。義父がそれを一括で払ったこともだ。

「ところがだれもいないじゃないか」

留守にしていたことが、額賀の罪であるかのような物言いである。

「事前に連絡をくだされればよかったのに」

「今朝五時に目を覚ました途端、思いついたものでね。いきなりいって驚かせるのもおもしろいと思ったんだ。それに靖春くん」義父は意地の悪い笑みを浮かべた。「きみ、わたしがくるとなると、土日でも仕事にでてしまうから」

「そんなことありません」

「そんなことあるさ。わたしが東京にくるとき、ここ三回つづけて、きみ、昼間は仕事だからと家にいなかったじゃないか」

「たまたまです」額賀は間の悪い咳をしてしまう。

「三回つづいたりすることが、たまたまとは思えんがね。まあ、いいだろ。今回はきみと話をしたかったので、奇襲攻撃をかけたんだ。ところが三人とも家にいないときた。慌てて泰子の携帯電話にメールを送ると、ここだと返事があったものでね。きてみたら、きみが泡を吹いて倒れていたんで驚いたよ」

「すみません」つい謝ってしまう。「それで、あの、わたしに話とは」

「おじいちゃん」

遥が割り込んできた。自分の姿は見飽きたらしい。カメラはしまっていた。

「なんだい？」義父は猫なで声だ。

「その話、まだつづくの？」

「もうおしまいだ」

おしまいにしないでくれ。肝心なことはまだなにも聞いていないぞ。

「さっき、あたしが言ったこと、おぼえてる？」

「かわいい孫娘に、今日、なにか買う話だろ」

「それそれ」

「忘れるはずないだろう。ひさしぶりに会うんだからな。なにがほしい？　なんでも買ってやるぞ」

「えぇぇ、ほんとにぃ？」

「ほんとだ。男に二言はない」

「だったらハルカ、DSがほしいんだけどぉ」

「DSって、こうやって」義父は両手を並べ、親指を曲げてみせた。「ゲームをするヤツか？」

「いいでしょ、おじいちゃん」

いいわけないだろ、遥。

できればそう言いたかった。だが口を開いた途端、額賀は「ガホ、ゲホ」と咳き込んでしまった。ウエスタン・ラリアットの後遺症である。

「あれって男の子のするもんじゃないのか」

「女の子むけのゲームもたくさんあるのよ。服のコーディネートをしたりするヤツとか。あとね、漢字や算数の勉強もできるの」

遥は上目遣いで義父の顔をのぞきこんでいる。これまでつきあってきた数限りない女たちなどとは比べものにならないほど、娘は媚の売り方がうまいように思えた。義父は彼女の術中にはまり、脂下《やにさ》がっている。そんなふたりを妻はにこにこ笑って、眺めているだけだ。おいおい、泰子。我が家ではDSは中学になるまで、買い与えないことに決めていますからって、言うべきじゃないのか。つい二ヶ月前、遥の誕生日プレゼントに、おれがDSを買おうとしたら、娘をゲーム脳にするつもりかってカンカンに怒って、反対したくせに。忘れちまったのか。

「そういうものはいい値段するんだろ？」

「そんなことないよ」遥はぶんぶんと音が聞こえそうなほど、首を左右に振ってみせた。「DS本体は一万五千円とか、そのくらい。あとまあ、ソフトは四千円とか五千円するけど」

「あわせて二万か。だったら」

「いい？　おじいちゃん？」

「ああ」

「やったぁあ」遥は義父の腕にしがみついた。「おじいちゃん、だいすきっ」

「よかったわね、ハルちゃん」

あろうことか、泰子まではしゃいでいる。

「こら、遥っ」

「なぁに、パパ？」

遥の微笑みは、父親を嘲笑しているようにしか見えなかった。娘は義父と額賀の力関係を知っている。いまこの場でどちら側につけば、自分の得になるか、わかっているのだ。

「なんだね、靖春くん」

義父は額賀をじろりと睨んだ。

ここで怯んだら負けだぞ。自分にそう言い聞かせ、額賀はゆっくり口を開いた。

「うちではゲームの類いは禁止しているんです。少なくとも中学にあがるまではやらせたくないんですよ」

「パパ、ひどいわ」

「遥、おまえは黙っていなさい。いま、パパはおじいさんと話をしているんだ」

喉の調子はまだ悪い。かすれ声だ。それでも額賀はぴしゃりと言うことができた。遥はびっくりしている。泰子もだ。

義父は薄い唇を一文字にし、額賀を凝視している。表情は無きに等しい。初対面のとき、右ストレートをくらわしてきた直前とおなじ顔だ。

「わかったよ、靖春くん。ハルちゃんにDSを買うのはやめよう」

「そんなぁあ」遥が悲鳴に近い声をあげた。

「ありがとうございます」

義父に礼を言う自分がえらく卑屈に思え、額賀はいやだった。だがいまは他に言葉を見つけることはできなかったのだ。

「ハルちゃん、なにかべつのものを買ってあげよう。なにがいい?」

「いやよ、あたし。DS、DSっ。ぜったいDS」

「うるさいっ」

額賀は怒鳴った。思った以上に大きな声がでたものの、まわりの喚声にかき消されていく。

「靖春くん、よくないよ。頭ごなしに怒鳴りつけたところで、子供は反発するばかりだ。わたしはそんなことをしなかったなぁ。うん。しなかった」

義父にたしなめられた。それはまだいい。腹が立つのはそのとなりで泰子がうなずいていることだ。

「ハルちゃん。おじいちゃんな、おまえにあげたいものがあるんだ」

「DSじゃなくちゃ嫌」膨れっ面で遥は言う。

「前からハルちゃんがほしいって言ってたもんだ。今日すぐにプレゼントすることはできないんだが」

「なによ」

「おまえの部屋さ。自分ひとりの部屋をほしがっていただろ」

遥は訝しげだ。おれもおなじ顔をしているはずだと額賀は思う。だが泰子はちがった。さきほどとおなじようににこにこ笑っている。きっとすでに義父から事情を聞いているのだ。

「靖春くん。鷺宮の家も手狭になってきたかね」

「それはそうですが」

「杉並にいい物件があるんだ。今度は中古ではないんだ。建売だけど新築でね」

「それって新しいおうちを買うってこと?」

遥が声をあげた。

「決まっとるだろう。鷺宮の家の倍、いや、もっと広いな」

「お義父さん。それはどういうことで」

「どうもこうもない。わたしたちの家を買う話だ」

「今回、わたしに話したいこととは」

「このことに決まっているだろう」

「ですが、わたしには」お金がない。貯えがない。毎日、カツカツだ。

「心配するな」義父は額賀の心中を察したらしい。「今度もわたしが全額払う」

「いや、でも」

「おじいちゃん。いまさっき、わたし達の家って言ったよね」

言った。わたし達。達ってなんだ、達って。

「今度の家は二世帯住宅でな、わたしと女房も住むことになる」

「こちらへでていらっしゃるんですか？」

額賀は自分の声が裏返っているのに気づいた。しかしどうしようもない。

「だからそう言っておるだろう」

「いまお住まいの家は」

「売るさ。そのお金がなければ、こっちに家は買えんしな。もちろん鷺宮の家も売ることになる。早ければ来年の四月には新居で、家族揃って暮らせているはずだ」

額賀は二の句が継げず、ただ呆然とするばかりだった。

「借り物競走の参加者は、入場門の裏手にお集まりくださぁい」

運動会実行委員がメガホンで応援席に呼びかけている。

「あなた。でるんじゃないの、借り物競走」

「あ、ああ」そうだった。額賀はゆっくり立ち上がった。

「いってらっしゃい」「がんばってねぇ」「でるからには一位だぞ」


「どうした、額賀」

となりから声をかけられた。生産部の弓削だ。二歳年下だが社歴は高卒採用の彼のほうが二年長かった。見た目も年上に見える。

弓削は裸のままだった。筋骨隆々のからだをさらしている。正しくは水泳帽子にゴーグル、そして水着のパンツ一丁だ。仮装ムカデ競走の衣裳のままなのだ。ひとと話をしているのを聞いていたところ、北島康介のコスプレだという。

グラウンドでは一番手の走者たちが、借りるべき物をさがして右往左往している。その中にはさきほど千葉にネチネチ言われていた広川の姿があった。彼も赤白のボーダーシャツを着たままだ。

「え、な、なにが？」

「魂抜かれたみたいにぼうっとして。だいじょうぶか」

「あ、う、うん」

「すぐに順番、まわってくるぞ」

弓削にばんと背中を叩かれ、額賀は咳き込んだ。

早ければ来年四月だなんて。泰子の両親と暮らすことを想像するだけで額賀は胃がキリキリ痛む。

赤組の応援席に目をむけると、さきほどのコスプレのままでいる富田がいた。まっすぐに立っていたかと思うと、両手を空にむけたり、ぴょんぴょん飛び跳ねたりしている。踊りや体操にしては妙な動きだ。いったいなにをしているのだろう。

おれ、アヤちゃんには本気だったのにな。

別れたくなかった。富田から別れ話を切りだされたりすると、半狂乱になった。だからといって家族を捨てる気にはならなかった。

別れることになったのは、富田に子供ができたと言われたからだ。とてもではないが認知することはできない。堕ろしてくれと泣いて頼んだ。

「それではよろしいですかぁ。借りてきたものがあっているかどうか、たしかめまぁす」

能天気な明るい声がグラウンドに響く。借り物競走のゴール地点で、武藤がマイクを握って立っていた。借りてきたものが指示どおりかどうかジャッジする役目らしい。彼もまだマイケル・ジャクソンのままだった。

「第二コース、白組、生産部の広川さん。えぇと、まずは紙、見せてもらえます？　はい。

借り物は『二千円札』ですね。ありましたか。すごいな、これ、けっこう難易度高いのに。お見事です。すばらしい。オッケーですっ。一位ですっ」

「トーチャン、えらぁいっ」

「なぜだか赤組の応援席からお褒めの言葉が。お嬢さんですか。はは。はい、つぎ、第四コース、これまた白組、商品管理部の渡辺さん。やだな、もう。アンナミラーズの制服、お気に召しましたか」

「おお。なかなか着心地がいいよ」

「だけどその格好、奥様に見られたらどうするんですぅ？」

「だぁからぁ、あいつは今日、こないってば。たとえおれのこの姿を見たところで驚きはしないさ」

「だったらいいんですけどねぇ。借り物は『デジタル表示の腕時計』。きちんと借りられました？　おっ。まちがいなくデジタルだ。はい、二位決定。今度は第三コース、赤組、人事課の千葉課長。あのぉ、どうして社長、連れてきたんです？」

社長も千葉も仮装をしたままでいる。

「借り物がこれだからだ」

「『我が社のイケメン』？」千葉から受け取った紙を武藤が読みあげた。「社長がぁ？」

「我が社のジョニー・デップだ」千葉が断言する。

「わたしはね、ちがうって断ったんだよ」社長が申し訳なさそうに訴える。

「ここはひとつ、みなさんに判定していただきましょう。社長が『我が社のイケメン』だと思うひと、拍手してくださぁあい」

　だれひとり拍手をするひとはいなかった。いくらなんでもそりゃないでしょ、という空気が漂うばかりだ。

「はい、千葉課長、失格ぅぅ」

「え、おい。そんな」

　グラウンドは爆笑の渦となった。千葉は顔を真っ赤にしている。社長はそそくさと運動会本部へ逃げていった。

「千葉課長、ぼやぼやしてないで、我が社のイケメンを連れてきてください」

　武藤にそう言われ、千葉は渋々、歩きだした。

「弓削くんよ、弓削くん」「この会社でイケメンって言ったら、弓削くんに決まってるでしょ」「そんなこともわかんないで人事やってるの?」「しっかりしなさいよ」

　本部のとなりから二十人はいるオバチャン達が、千葉にむかって口々に声をかける。罵声を浴びせているようにしか見えない。これでもし弓削を連れてこなければ、千葉をリンチにしかねない勢いだ。

「しようがねぇなぁ」となりの弓削が腰をあげた。「おれ、千葉さんとこ、ちょっくらいってきます」

「位置について、よぉぉい」

ぱぁああん。銃声とともに額賀は走りだす。

「パパァア、がんばってぇぇ」

遥がカメラをかまえ、手を振っていた。そのうしろに義父と泰子が控えている。

はいはい、がんばりますとも。

額賀は娘に手を振りかえす。

どれだけ思い悩もうとも、おれは泰子の両親と暮らすことになるだろう。二十三区内で一戸建てに住めるのだ、うちの安月給では考えられないことである。おれは幸せ者だ、ここがおれのてっぺんだ。これ以上はない。ここからずり落ちないよう努力しよう。よき亭主であり、よき父であり、よき義理の息子であればいい。簡単なことだ。

白い封筒が並んでいるのが見えてきた。急ぐ必要はないが、額賀は足を速める。右どなりの走者を追い抜き、封筒のあるところへ辿り着く。拾いあげ、中の紙をだす。

そこにはこう書いてあった。

『不倫相手』。

16:00

二人三脚

公民館の一階にある大会議室で、昼過ぎからはじまった町おこしプロジェクトの会議は、三時を過ぎてもおわる気配がなかった。

激論が交わされたり、だれかが熱弁を振るったりしたわけではない。ただだらだら話をしているだけだった。出席者の数名はたいそうな船を漕いでいた。渡辺夏海もまた睡魔と戦わなければならなかった。

カキツバタ文具の会議はもっと白熱していた。なによりもわたしが熱かったし。自分に反対するものがいれば、社長だろうが上司だろうが、容赦しなかったもんな。

最近、カキツバタ文具で働いていた頃のことを夏海はよく思いだす。夢で見るときもある。優柔不断な専務（いまは社長か）、女性社員の肩を揉みたがるセクハラぎりぎりの重役、親父ギャグを連発する上司、けんかっ早い同僚、そんな男達に媚を売る頭の悪い女子社員ども。どうしてこんな奴らのために、わたしの能力を使わねばならないのだと腹を立てる毎日だった。

なのにどうしてか、懐かしくてならなかった。ひとの悪口や愚痴をこぼす相手がいないことが、これほど辛いとは思ってもみなかった。

結婚をしても会社を辞める気はなかった。子供も三年はつくらない約束だった。ところが結婚後、二週間足らずで妊娠していることがわかった。仕事と子育ての両立ができるかどうか、思い悩んだ。まわりには、社内でも社外でも、男女問わず、仕事をつづけるべきだという意見が圧倒的に多かった。矢波くんだったらやれるだろ。夏海さんだったらできるわ。そう言われれば言われるほど、夏海は不安になった。みんな、わたしのことを買い被りすぎている、と思い、なおかつそれがプレッシャーになった。そして悩んだ挙げ句、辞表を出したのだ。

会社に未練がなかったと言えば嘘になる。会社にというよりも仕事には、たっぷり未練があった。まだまだやりたい企画は山ほどあった。

しかし自分で決めたことだ、後悔はしていない。

おれ、おまえのぶんもがんばって仕事するよ。

太一朗がそう言ったことがある。陸太が生まれてすぐだった。

いつの間にか市長が二十分間の休憩を提案していた。だれからも異議はでなかった。

夏海は無性に煙草を吸いたくなった。喫煙室はどこでしょうと、隣席の市議会議員に訊ねたところ、「煙草をお吸いになるのですか」と妙な顔をされてしまった。

「屋上だったらいいよ」

声をかけてきたのは高校の同窓生だ。いまは青年団の団長で、市役所職員で、町おこしプロジェクトの副実行委員長でもある。三十年前は華奢なからだつきだったが、いまではでっぷりと太っている。

「屋上の出入り口の鍵、これだから」

ポケットから十本以上ある鍵の束をだし、そのうちのひとつをつまんで、夏海にさしだした。煙草を吸うだけなのに、自分がひどくわがままなことをしているような気持ちに襲われた。それでも「ありがとう」と夏海は言い、鍵を受け取った。

夏海は金網越しに生まれ故郷を見下ろしていた。

なだらかな丘陵に、ぶどう畑が広がっている。いまは収穫期だ。それを理由に、今日の会議に参加していないひとも多かった。

きちんと区画整理がされておらず、舗装された道路も、昔ながらの畦道も、みんなくねくね曲がっている。おかげで眼下の光景はジグソーパズルのようだった。ところどころ家がある。どれも東京近郊とは比べものにならないほど大きい。ほとんどが瓦屋根で、太陽光発電のパネルも目につく。これは市からの補助金のおかげだ。『目指せ！　エコ日本一』と白地に緑の文字で書いてある、どでかい看板がいくつか見えた。

冷たい風に背をむけ、くわえている煙草の先に、ジッポーで火を点けた。我慢できないほどではないが、寒いことは寒い。あと二ヶ月、早ければ一ヶ月半も経てば、このあたりは一面、雪景色になる。

屋上には夏海以外、ひとがいない。いまにもドアが開き、だれかが注意にくるのではと不安になるのは、きっと高校の頃のことを思いだすからだろう。

もっともあの頃、校内で一服するのは、もっぱら新聞部の部室だったけど。

二十世紀ぎりぎりに建てられた公民館の屋上にも、ソーラーパネルが一面に並んでいた。公民館自体はなんの変哲もない三階建てのビルだ。にもかかわらず同窓生から聞くところによれば、総工費は二億円だと言う。どこにそれほどの金がかかったのか、夏海ならずともだれもが首を傾げてしまうだろう。とくに有名な建築家に設計してもらったわけでもなければ、特別な施設があるわけでもない。ソーラーパネルは三年前に取り付けられたので別である。

何億かかっていようと関係がないが、困るのは館内が全面禁煙だということだ。至るところに「禁煙」と赤地に白文字の貼り紙が貼ってあるのには辟易した。これでは魔除けのお札だ。喫煙者はお化けか妖怪扱いである。

「はぁあああっあ」

金網に背をもたれ、夏海はため息をついた。それとともに口から煙が舞ってでる。スカートのポケットで、鍵の束がじゃらじゃら鳴った。

やっぱ、やめちゃおうかなぁ、この仕事。

拘束時間が長いうえに、いまだお金を一銭ももらっていない。足代もでないのだ。こんなの仕事ではない。ただのボランティアだ。

働きにでたいとはずいぶんと前から思っていた。なので陸太が十歳になったのを機に、夫の太一朗には内緒で就職活動をしていた。

カキツバタ文具では商品企画開発部に所属し、『絶対安全カッター』、『エコエコボンド』、『ピッタンコペッタンコ』などなど、数々のヒット商品を生みだしてきた自分である。十年以上のブランクはあっても、そのあいだも雑誌やネットで情報を収集し、自らの感性が鈍らないよう、努力してきた。カラーコーディネーターの資格をとり、ウェブデザインの検定試験を受けたりもした。

ところが就職活動は思うように捗《はかど》らなかった。年齢と性別で、おのずと受けられる会社の幅は狭まっていった。子持ちで四十なかばの女性は、社会にとって不要な存在なのかと憤慨するほどだ。

それでもいくつか受けてはみた。自分の理想としていた職場にはほど遠いが、やむを得なかった。ところがいずれも一次面接で、あっさりと撥ねられてしまった。一年以上つづけたが、どこも決まらず、すっかり落ち込んでいた。

そんなある日の昼間、テレビを見ていたら、毒にも薬にもならない情報番組に、いま見ているのとほぼおなじ風景が映しだされた。そして高校時代の同窓生が画面にあらわれ、アナウンサーのインタビューに対し、町おこしのプロジェクトについて熱く語っていた。できれば故郷を離れた方々にもご協力いただければと思っております。彼はそう締めくくった。

同窓生の熱弁に心を動かされたわけではない。ただ、こういうのもアリかなと思い、市役所に連絡をしてみた。同窓生にはいたく感激され、ぜひお願いするよ、と涙声で言われてしまった。

あのとき、きちんとお金の話をすればよかったんだわ。

いまさらながら後悔する。

きみにピッタリの仕事があるよ。同窓生に言われ、夏海に任された仕事は、月一で市内の各地で無料配布されているミニコミ誌の編集長だった。同窓生は夏海が新聞部だったことをおぼえていたのだ。

編集長とは言っても部下がいるわけではない。なにもかもすべて夏海ひとりで、やらねばならなかった。ミニコミ誌は葉書サイズのモノクロ八ページ。これくらいであればと高をくくっていたのである。ところがとんでもなかった。

毎週土日の二日間、泊まりがけで故郷を訪ね、あちこち取材やインタビューなどをこなす。カメラマンなど雇えるはずがないので、写真の撮影も夏海だ。他の日は松戸の自宅でパソコンにむかって、原稿書きである。同時にレイアウトもすすめていく。一応、できあがった原稿は同窓生にチェックしてもらう。彼は彼で、役所のだれかに見てもらっているらしいので、メールのやりとりに案外、時間を食う。そのうえ、どうでもいい直しを命じられることも珍しくなかった。

市内に印刷会社はなかった。夏海はネットで調べ、都内で安くできるところを選んだ。データを送信すると、二十四時間後には一万部が刷りあがり、それから三時間もかからず、同窓生の手許に届くよう手配した。

東京でOLしていたひとはちがうな。仕事のしかたがスマートだね。

同窓生にはそう言われた。彼としては褒めたつもりなのだろう。しかし夏海の耳にはそれが皮肉のように聞こえた。

この仕事をするようになってから、よかったことといえば、スーツ姿の自分を息子が褒めてくれたことくらいだ。

携帯用の灰皿に灰を落とし、空を仰ぎ見る。朝、松戸の家をでるときから昼過ぎまでは秋晴れだったが、いつの間にか灰色の雲に覆われていた。いまにも雨が降りだしてもおかしくない空模様である。

松戸はどうだろう。

ケータイをとりだし、くわえ煙草で天気予報のサイトを見た。松戸は夕方過ぎから小雨がぱらつき、夜には本降りとあった。

陸太、傘、持っていったかしら。

小学六年の息子は地元のサッカーチームに所属している。日曜は一日中、練習だ。

太一朗は今日、会社の運動会に参加している。おわったあとは呑みにいく可能性が高い。呑みだすと腰が重くなるのは昔からだ。

運動会やるなんて。この不況下に、どういうつもりなのかしら、あの会社。そもそもそんな余裕あるの？

太一朗自身もさんざんぶーたれていた。ぶーたれるくらいならば、サボってしまえばいいのだが、彼はそれができないひとだった。昨日は新しいスポーツウェアとウォーキングシューズを買っていた。あれだけで月の小遣いの半分はなくなったはずだ。開催場所は小金井市のグラウンドとかで、いつもよりも早起きをして、夏海よりも早く家をでていった。

まだしまっていなかったケータイが震える。息子の陸太からだった。短くなった煙草の火を消し、携帯用の灰皿にいれる。

「もしもし、ママ？」

「どうしたの？　あなた、サッカーでしょ？」

「いま、休み時間」

傘のことを訊ねようとしたが、さらに話をつづける息子に遮られてしまった。

「パパは今日、運動会だよね」

「そうだけど」

「なんかさ、おれんとこにおかしな写メを送ってきたんだ。パパ、どうかしちゃったのかな」

「おかしな写メってどんなの？」

「いまそっちに送るから見てよ。覚悟して」

「覚悟？」

「はっきり言ってひくよ」

一分もかからずに息子からメールが届いた。写真が添付されている。早速、それを開いた。

太一朗がアンナミラーズの制服を着て、ピースをしていた。光の加減からして屋外だ。運動会の最中にちがいない。なぜ、アンナミラーズの服を着ているのかはわからない。どんな競技に参加をすれば、こんな格好をすることになるのだろうか。

小六の息子が心配するほど、夏海はひかなかった。会社に勤めていた頃には、呑み会の席で、太一朗のこうした格好を幾度か目にしていたからだ。アンナミラーズではなかった。セーラー服かスッチー、バニーガールなどだったように思う。

陸太はそんな父を知らない。太一朗はもちろん、夏海も言っていないから当然だ。太一朗はなかなか厳しい父だった。息子がお笑い番組でも見ていようものなら、こんな下劣なものを見る時間があるなら勉強をしろ、とスイッチを切ってしまうくらいだ。

太一朗が陸太にこの写メを送信するはずがない。べつのだれかだ。思い当たる人物がひとりいた。

武藤だ。こういうくだらない悪戯《いたずら》をするのは、あの男しか考えられない。

お調子者でノリがよく、そこにいるだけでまわりがパッと明るくなる。社内で揉め事があれば、彼が介入するだけで解決とまではいかなくとも、ひとまずおさまりがつく。そしてなによりみんなでなにかをするのが大好きだ。だからこそ運動会をやりたいと社長に直訴して、自ら実行委員長にもなったのだろう。

武藤のヤツは、会社をつかって遊んでやがるってわけさ。

そう言う太一朗の口ぶりはうらやましそうでもあった。

三十七歳のいまでも武藤は独身寮に居着き、月に一度の寮の呑み会にコスプレで参加しているらしい。アンナミラーズは武藤のコレクションのひとつだろう。

会社を辞める前の年だったか、忘年会で太一朗と武藤がふたり揃ってピンク・レディーの『UFO』の衣裳を着て、みんなの前にあらわれたこともあった。歌を唄い、振り付けまで披露した。本社の屋上で寒空の下、夏海が太一朗と武藤に振り付けを教えたのだ。

会社を辞めてから、太一朗の酔い潰れた姿の写メが、夏海に送られてきたことが幾度もある。その翌日に、太一朗に武藤くんと呑んでいた？　と訊ねると、どうしてわかった？　と聞き返された。送信された写メを見せると、あの野郎、と憤慨するのが常だった。

これもそうにちがいない。夏海は確信する。

武藤がいかに太一朗を騙して写メを撮ったかも想像がつく。きっとこんな具合にだ。

渡辺さん、記念に一枚、撮っておきましょうか。ケータイ貸してくださぁい。じゃ、いきますねぇ、笑って笑ってぇぇ、はい、ポーズ。これ、メールで奥さんに送っちゃっていいですか。はは。冗談ですよ、冗談。

口ではそう言いながら、手早くケータイを操作して、送信したのだ。『ワ』で宛名を検索し、『渡辺夏海』と『渡辺陸太』が並んであったのを、満足にたしかめないまま、陸太のほうを選んでしまったといったところか。

武藤のヤツ、おっちょこちょいだからな。

夏海はふたたび視線を写メに戻した。太一朗は満面の笑みだった。最近、家庭では見せたことのないくらいのだ。

あんだけ、ぶーたれていたくせに。なによ、メチャクチャ楽しんでいるってことじゃない。お酒を呑んでいることはまちがいないわ。それもけっこうな量。顔ばかりでなくアンナミラーズの服からでている腕や脚も真っ赤っかだ。

太一朗に運動会にこないかと誘われてはいた。

「おまえに会いたいっていうひと、多いんだよ。一日いてくれっていうんじゃないんだ、一時間、いや、三十分でも顔ださないか」

「無理よ、仕事だもん。それにわたしは会いたいひとなんか、いないし」

夏海は素っ気なく断った。

ほんとはちょっといきたいと思っていた。どうでもいい会議の取材なんかキャンセルしたってよかったのよ。あなたが、とそこでケータイの写メをにらんだ。もう一言、頼むって、いこうよ、とでも言ってくれさえすれば、わかった、いくわよって承諾したのよ。ほんと、鈍いんだから。やんなっちゃう。昔からあなたはそう。こっちがどんだけアプローチしても、全然気づかなかったものね。

つまらない会議に出席していると、運動会に参加しなかったことが、ひどく惜しい気がしてならなかった。ひとり取り残されているような気分に襲われ、悔しいとすら思えてきた。

「ねぇ、あなた」アンナミラーズの制服を着た太一朗に、声をだして呼びかける。「ほんとにわたしのぶんまでがんばってきた？　ここ何年かは、家では会社の愚痴と文句ばかりじゃないの。会社はおれよりもおまえのほうが必要だったんだって、いまだに言ったりするけどさ。だったら会社に必要だって思わせる仕事しなさいよ、まったく。アンナミラーズの格好して、へらへらしてる場合じゃないでしょっ」

言いおわった途端、ふたたびケータイが震えた。

太一朗？　ちがった。画面には『広川真子』とでている。カキツバタ文具の生産部にいる広川くんの奥さんだ。メールではなく電話だった。

なんだろ。また食事の誘いかしら。だったらわざわざ電話してこなくてもいいのに。

そう思いながら、夏海は着信ボタンを押した。

夏海がミクシィに入会したのは、何年も前のことだ。ママ友に誘われるがままだった。ただし日記など一度も書かず、ほったらかしにしてある。いくつかのコミュニティに入ってはいた。『蟹座生まれ』や『中学受験の子持ちママ』や『涙腺ゆるゆるなひと』などだ。今年の春、ふと思いついて、カキツバタ文具のコミュニティを検索してみると、これがあった。『カキツバタ文具ＬＯＶＥ』というのがコミュニティの名称で、「使い勝手のよさはもちろんのこと、カタチのかわいらしさもたまらない！　カキツバタ文具大好きなヒトのコミュニティです。既存の製品や新製品に関する情報や意見など交換し、カキツバタ文具について語らいましょう！」とあった。

メンバー数は百七十人。管理人は北海道在住の三十代専業主婦だった。彼女はいちばんのお気に入りに『ピッタンコペッタンコ』を挙げて、「商品キャラクターのピッタンコとペッタンコも、チョーかわいくて大好きです。グッズプレゼントに応募して、Tシャツを三枚ゲットしました」と書いてもいた。

あれはかわいいと夏海も思う。だが太一朗によれば、残念ながら売上げにはあまり結びつかなかったらしい。Tシャツは大量に余ってしまい、太一朗はパジャマがわりにつかっていた。

夏海はそのコミュニティにも入ってみた。自分が元社員で『ピッタンコペッタンコ』をはじめとした商品を開発した当人であることは内緒にしてだ。トピックにコメントを書き込みもせず、ただそこに所属するだけでよかった。自分がつくったものが、世の中のひとに多少なりとも役に立っているのだと思うだけで、幸せな気持ちになれたのだ。

毎日、このコミュニティだけはかかさず見た。しばらくして『カキツバタ文具ＬＯＶＥ』のメンバーからメッセージが届いた。そこにはこう綴られていた。

〈矢波さんって、カキツバタ文具の企画開発部だった矢波夏海さんですよね？　あたし、生産部の広川の妻です。結婚式の二次会にきていただきましたよね。あのときは噂どおりの美人で、びっくりしました〉

そのあと、とりとめのない文章が延々とつづいた。

〈これもなにかの縁でしょうから、一度、どこかでランチでもしませんか？　あっ、宗教の勧誘とかではないのでご心配なく（笑）。それでは〉

実際にランチをしたのは十日前である。青山にあるフランス料理の店の招待券をひとに貰ったので、ごいっしょしませんか、と誘われたのだ。もちろんこれもミクシィのメッセージでだ。断る理由が見つからなかったので、夏海はいくことにした。

結婚式の二次会で見ているとはいえ、広川真子の顔をおぼえている自信はない。待ち合わせしてわかるかどうか心配だった。その旨を書いてメッセージを送ると、〈あたしは矢波さんの顔をばっちりおぼえていますからだいじょうぶです！〉と返ってきた。

それはほんとうだった。指定されたフランス料理の店に時間どおりにいくと、窓際にいた女性が「矢波さん、こっちこっち」と手招きした。

真子は三十なかばだが、見た目は大学生のようだった。若々しいのとはちがう。小柄なので幼く見えるのだ。しゃべり方も子供っぽい。舌足らずで語尾を伸ばす。はじめはそれが夏海をいらつかせたが、性格はほがらかであっけらかんとしており、そのうち気にならなくなった。なにかと夏海のことをたててくれるのが、心地よくもあった。

「カキツバタ文具のヒット商品ぜぇえんぶ、矢波さんの企画なんでしょう？」

食事をそっちのけに、真子は目を輝かせながら訊ねてきた。彼女はほんとうにカキツバタ文具LOVEだった。

「ぜんぶじゃないわよ」

「この不況下、カキツバタ文具が潰れずにあるのは、矢波さんのおかげだって、カッチャン、よく言ってますもん」

真子は自分の夫のことをカッチャンと呼んだ。たしかに広川の名前は克也ではある。だがあの大柄で真面目一徹の男が、家ではカッチャンと呼ばれているのかと思うと、おかしくてならなかった。

「すっごいなぁ。夏海さんのこと、あ、下の名前で呼んでいいですかぁ」

「どうぞ」

「尊敬しますぅ。ほんとですぅ」

真顔で言われてしまった。さらにはこうだ。

「どうすれば夏海さんみたいになれるんですぅ？」

「わたしみたいにって」

「つぎからつぎへとヒット商品を生みだすデキる女にですよぉ。いいなぁ」

さすがに夏海は苦笑してしまった。

「十年以上前はそうだったかもしれないけど、いまはちがうわ」

「いまはなにをなさっているんですぅ？」

夏海は故郷の町おこしプロジェクトについて、手短かに話した。ミニコミ誌の編集長をしていることもだ。

「すごいじゃないですかぁ。夏海さんってなんでもできるんだなぁ。うらやましいなぁ」

「真子さんはなにをしているの？」

「ただの専業主婦ですぅ。あたし、短大でて、就職はしたんですけど、その会社半年で潰れちゃって。それからマックやガストとかでバイトはしたことあるんですけど、OLはまったくなくてぇ。娘がおっきくなったら働きにはでたいから、いまからあれこれ、やってはいるんですけどねぇ」

「あれこれってたとえば資格とか？」

「そうですぅ。こないだは野菜ソムリエの資格を取って」

「あら、そうなの」わたしもカラーコーディネーターの資格を、と言いかけたが、張りあっているようなのでやめた。

「これで二十七個目なんですよ」

「なにが？」

「資格に決まってるじゃないですかぁ」

そんなにたくさん資格を持ってどうする？

「あたし、語学は得意なんですよぉ。英語でしょ、フランス語にドイツ語、スペイン語、中国語。ぜんぶNHK教育で勉強してて。いまは通信教育でフィンランド語をちょこちょこやってる最中でしてぇ」

ほんとかな。夏海は疑った。しかしたしかめるような真似はしなかった。とりあえず「すごいわね」とは言っておいた。「それだけいろいろできれば、どこでも働けるわよ」ともつけ加えた。できるだけ皮肉に聞こえないようにだ。

「そうですかねぇ。だったらいいんですけどぉ。あたし、趣味も多いんで、なかなか勉強に時間がさけないのが、いまのところの悩みのタネで」

真子はほぼ毎日、ミクシィで日記をつけており、それを読む限りではベリィダンスの教室にも通っているらしい。コミュニティには『カキツバタ文具LOVE』を含め、五十以上入っている。『古墳マニア』だとか『星について語ろう』なんていうのもあった。

「土日くらいはあたし、自分の時間をつくりたいから、カッチャンに娘の世話、見てもらってるんですぅ」

広川が娘の世話。信じ難い。

「カッチャンったら、親莫迦なんですよぉ。こないだもね、幼稚園の運動会で恵が、あっ、うちの娘、恵っていうんですけど、フォークダンスを踊って、撮影してきたそれをテレビで見て、恵は園児の中でいちばんじょうずだって。はいはいってうなずいていたら、なぁんて言ってたかな。あ、そうそう、あれだけじょうずに踊れるのは、天賦の才能にちがいないだなんて言いだして。たかがフォークダンスでねぇ。親の欲目もいいところですよねぇ」

夏海は内心、おもしろくなかった。陸太が出場した試合のビデオを見ていて、ロングシュートを決めた息子を天才だと褒めたところ、太一朗に真子とおなじふうに言われたことがあったからだ。

「ほんと、カッチャンは恵に甘いんですよぉ」

これもおなじだ。ほんと、おまえは陸太に甘いよな。太一朗に年中言われていた。

「なのに恵はカッチャンよりあたしのほうが好きなんです。カッチャンも三十七歳でもうオジサンでしょう？　加齢臭が漂ってきてるんですよね。だもんだから、恵にしょっちゅう、トーチャン、くさいって言われて。ほぉんと、かわいそう」

ほんと、かわいそうだ。しかもそれを妻が他人に笑い話で聞かせているのだから、よりいっそうである。夏海は広川に深く同情した。

「すいません、あたしの話ばっかりしてぇ」

「いいのよ、べつに」

夏海は曖昧な笑みで答えた。

「あと、ひとつ、訊いてもいいですかぁ」

「どうぞ」

「カッチャンにかかと落としをくらわしたって、ほんとですか」

「え？　あ、うん。でもあれよ。それは若気の至りっていうヤツよ」

広川は新入社員の頃から、営業部や企画開発部などに意見しにきていた。夏海ともしょっちゅう、やりあった。彼女の企画した商品についてもあれこれ文句をつけてくることが多かったのだ。

この部分にこの素材をつかうと壊れやすい、ここが尖っていると子供が怪我をするぞ、このパッケージでは積んだときに下の商品が潰れてしまう、こんな子供だましのデザインが本気でいいと思っているのかなどなど、挙げればきりがない。

悔しいことに広川の意見が正しい場合のほうが多かった。悔し過ぎて、ついカッとなり、ソファに座っていた広川に、かかと落としをしてしまったこともあった。

この若造に有無をも言わせぬ商品を作らねば。

それが夏海の原動力だった時期もあった。数々のヒット商品を実現できたのは広川のおかげ、というのは大袈裟だが否定しきれないところはある。

別れ際、真子にこう言われた。

「この歳になって、なんでも話せる友達ができるとは、思いませんでした。うれしいですぅ。これからもちょくちょく会ってください。お願いします」

趣味が多くて、勉強に時間がさけないと嘆いていたくせして。

そう思いながらも夏海は「こちらこそよろしく」と言った。社交辞令ではない。真子といたあいだ、苛立つこともあったが、楽しく過ごせたのは事実だった。

「夏海さん、カッチャンになにかあったんでしょうか」

ケータイに耳をあてるや否や、真子はそう言った。ひとの夫の動向など知るはずがない。面食らっていると、彼女はこうつづけた。

「カッチャン、そこにいますよね」

おいおい。

「真子さん、なに言ってるの？　わたし、いま仕事で」夏海は郷里の名を口にした。

「市の公民館にいるのよ。広川くんがいるはずないでしょう」

「夏海さん、今日、カキツバタ文具の運動会にでているんじゃ」

「でてないわよ」

「そ、そうだったんですか。すいません。あたし、でてるんだとばっかり思ってて。え、でもどうしよ。どうすればいいんだろ」

「落ち着いて、真子さん。いったいなにがあったの？」

「さっきケータイに知らない番号から電話があって、だれかなと思ったら、恵だったんです。娘もカッチャンと運動会いってて」

「あなたこそ、いまどこにいるの？」

「郷土史研究のサークル仲間と、古墳を見学にきてまして」

真子はバツが悪そうに言う。

「それで娘さんはあなたになんの用だったわけ？」

「トーチャンが悪いヤツにいじめられているんだって、泣きながら言うんです」

あの広川がいじめられている？

「悪いヤツってだれなのかしら」

「それも訊いたんですけど、恵ったら、どうしてあたしはプリキャラに変身できないのかって、泣きじゃくるばかりで、そのまま電話、切っちゃったんです」

「広川くんには電話した？」

「したんですが、でなくて」

「知らない番号というのに、かけ直してみたら？」

「しました。でも留守電だったので、名前を名乗って、娘がこのケータイをつかったようですが、あなたはどちらさまでしょう、って入れておくしかなくて。ひとまずその持ち主からの電話を待ってはいるんですけど、もう十分以上経ってて」

真子は切実だった。もちろん娘が心配なのだろう。そしておなじくらい、広川のことも心配にちがいない。

「わかったわ。いまからウチの夫に電話して、様子を探ってみる」

「ほんとですか。お願いします」

真子との電話を切ってからすぐ、太一朗のケータイにかけた。

「カキツバタ文具の渡辺です。ただいま電話にでることができません」

つかえねぇヤツ。

「夏海です。アンナミラーズの格好でお酒を呑んでいらっしゃるところを、たいへん恐縮ではありますが、このメッセージをお聞きになりましたら、折り返しお電話いただけないでしょうか。お訊ねしたいことがあります。よろしくお願いします」

できるだけ慇懃な口調で、留守電に吹き込んでおいた。

太一朗の返事を待つよりも、カキツバタ文具のべつの社員に、電話をしたほうが早いかも。

会社を辞めてから、ケータイを二度変えたが、アドレス帳は昔のをそのまま保存してある。昔の同僚の番号もたくさん残っていた。

武藤。いまこそおまえの出番だ。

「矢波せんぱぁああい」

コール一回半で能天気な声が耳に飛び込んできた。さすが我が忠犬。ほめてつかわすぞ。

「お待ちしておりましたよ。いまどこにいらっしゃるんです？　わかった。武蔵小金井駅でしょう。だれか車で迎えにいかせましょうか。おれが馳せ参じたいところなのですが、なにせ実行委員長なものですから、忙しくて。いえ、矢波先輩がこいとおっしゃるのであれば」

「なに言ってるのよ。わたしはいま全然、べつのところにいるわ」

「もう会場についていらっしゃるんですか」

「ちがうってば。わたしいま、仕事なんだから」

「仕事？　じゃあ、今日、運動会には」

「いかないわよ」

「マジですか？　残念だなぁ」武藤はえらく落胆している。「渡辺さん、ほんとのこと言ってたのかぁ」

「それよりも武藤くん。生産部の広川くん、今日、なにかやらかした？」

「やらかしましたよぉ。騎馬戦で社長に飛びかかったんです」

「なかなかやるわね」夏海は思わず賞讃してしまう。

「でしょう？　それで社長が鼻血をだしちゃって。でも矢波先輩、なんで広川さんのことなんか、知りたいんです？」

武藤にすれば当然の疑問だろう。だが夏海は真子のことやその他、あれこれ説明するのが、まだるっこしかった。

「きみはわたしの質問に答えていればいいの」

きつめに言うと、武藤はおとなしく従った。

「社長は怒っていませんけどね。かわりに千葉課長が、広川のことを例の調子でネチネチいたぶって」

夏海は背筋が冷たくなった。千葉のネチネチぶりを思いだしたからだ。

「かわいそうなのは広川の娘ですよ」

訊ねようとしたことが、武藤の口から飛びだしてきた。

「その現場を広川の娘が少し離れたところから、じっと見ていたんです。偶然、そこを通りかかったのか、お父さんが叱られているのを見つけて、心配してやってきたのかはわかりませんが」

「それでどうしたの？」

「おれがウマいことやって、千葉課長のネチネチを中断させました」

どうだ、褒めてくれと言わんばかりの口調に、夏海は笑ってしまいそうになる。

「広川くんのお嬢さんが、パパが悪いヤツにいじめられているって、泣きながらお母さんに電話してきたそうなのよ」

「なぜそれを矢波先輩が」知っているんですか、とつづけるつもりだったのだろう。しかし武藤は途中で口をとざした。なかなか賢明だ。ひとつ咳払いをしてから、代わりにこう言った。

「悪いヤツって千葉課長ですかね」

「まちがいなくそう。広川くんのお嬢さん、いまはどうしている？」

「入場門の裏手にいます。つぎの競技が二人三脚なんですが、彼女、参加するんですよ。おれがいまいるところから二十メートルも離れていません」

「二人三脚は広川くんと？」

「ちがいます。営業二課の高城って言っても、矢波先輩はご存じないか」

「知ってるわよ。きみの部下だった子でしょう？」

あの武藤にカノジョができたんだ。太一朗からそう聞いたのは、どれくらい前だったろう。部下の子で、年中ふたりでいるんだ。ゴールは間近だって話もあるよ。それからしばらくして、武藤とカノジョはどうなったの、と太一朗に訊ねると、ただの噂にすぎなかったと訂正された。

「そうです、そうです。その高城のお母さんと走るようです」

なぜそのコンビで？　と思わないでもなかったが聞かずに「お嬢さんは元気にしてる？」と訊ねた。

「大口あけて笑ってます」

よかった。

広川の娘は、高城のお母さんのケータイで、真子に電話をしたのかもしれない。

そう考えながら、夏海の頭の中であることが閃いた。

「矢波先輩。ほんとに今日、こないんですか。そんなこと言って、じつはおれのうしろから忍び寄っていたりしてません？」

武藤の減らず口を聞き流し、「見たわよ、うちの亭主の写メ」と夏海は言った。

「ピンク・レディーの衣裳も準備してたんですけど、渡辺さん、アンナミラーズがいいと言うもので。記念に写メ撮っておきましょうって、渡辺さんのケータイ、借りましてね。それで矢波先輩にその写メをお送りした次第です。ははは」

「わたしのところにはきてないわ」

一瞬、間があった。

「でもいま見たって」

「息子のケータイに届いていたのが、わたしのところに転送されてきたの」

「え、じゃあ、おれ、矢波先輩に送ったつもりが、息子さんのところに送ってしまったんですか」

「そう」

「ありゃま。息子さんはなんと？」

「パパ、どうかしちゃったのかなって心配していたわ」

「優しいなぁ。さすが矢波先輩の息子さん」

「けっこう動揺していたわ。多感期の少年の心は傷つきやすいものなのよ」

あなたもおぼえがあるでしょうと同意を求めようとしたがやめた。少年の頃から武藤は武藤だったにちがいないからだ。

「きみ、どう責任とるつもり？　この罪は重いわよ」

ごくり。武藤が唾を飲み込む音が聞こえてきた。

「きみにはこの償いとしてやってほしいことがあるわ」

「なんでしょう？」

武藤の声が小さくなっている。不安げだが、嫌がっているのではないことが夏海にはわかった。

「悪いヤツを懲らしめるのよ」

「千葉課長をですか？　でもどうやって」

「わたしの送別会のとき、きみが試みたことがあるでしょう。結局、みんなに羽交い締めにされて未遂におわってしまったけれども」

「あっ」

「運動会の最中ならば、アクシデントですむわよ」

ケータイからは運動会らしい曲が流れてきた。わぁわぁと喚声も聞こえてくる。ほんとにみんな楽しそうだ。

「いっちょ、やってみましょうか」

弾んだ声で武藤が答えた。

あきらかにおもしろがっている。そうそう、それでこそ我が忠犬。

真子へは旦那の無事と恵ちゃんが元気でいることを電話で伝えた。

「ありがとうございますぅ。じつはあたし、いま、電車の中なんですぅ。なんかいろいろ間に合わないかもしれないけど、運動会、いってきますぅ」

なんだ、そうなのか。まぁ、それがいちばんいいだろう。はじめからそうしてよ、とは思わなかった。

太一朗からまだ電話もメールもない。留守電を聞いて恐れをなしたかもしれない。

ケータイをしまい、夏海は煙草を一本、口にくわえた。ジッポーで火をつけようとしたときだ。

「矢波さぁあああん」同窓生が呼んでいる。ソーラーパネルを挟んでむこうに立っていた。

「会議、はじまってますよぉ。早くきてください」

また退屈な会議にでなければならないのか。だがしかたがない。あの頃にはもう戻れない。いや。待てよ。カキツバタ文具には戻れないのはたしかだ。でもあの頃、勤めていた頃の気持ちになることはできるはずだ。

ソーラーパネルをまわって、同窓生に走り寄っていく。

「今日はわたし、ミニコミ誌の取材ってことだけど」息せき切って、いきなり話をしだした夏海に、同窓生は目を瞬かせた。「意見、言ってもいいかしら」

「それはもちろん。なにか町おこしの企画があるの？」

「ばっちり」

いまから考えねば。だいじょうぶだ、『ピッタンコペッタンコ』は、会議のとき、その場しのぎで言ったアイデアだった。いざとなればなにかしら思いつく。

「うれしいな。期待してるよ」

「あ、ちょっと待って」

屋内に入ってから、スーツの中でケータイが震えた。陸太からだ。今度はメールだ。

『ママ、ショックだった？　それとも怒ってる？　おれも見たときは動揺したけどいまは平常心。でね、おれ、こう思うんだ。パパもときどきこうして息抜きをしないといけないって。だってパパ、仕事から帰ってくると、いつもぐったりしてるじゃんか。休みの日もつまらなそうだし。きっと会社でいろいろ大変なんだよ。だからおれに免じて許してあげて。それとこれから雨が降るらしいから、帰りは車の運転は気をつけて。じゃ、仕事、がんばって』

ありがとう、陸太。なんて素敵な息子だろう。あなたの母親であることをあたしは誇りに思うよ。

それから夏海はケータイをポケットにしまい、階段を駆け下りた。

熱くなれ、わたし。

15:30

借り物競走

グラウンドと球場の境に大きな木がそびえ立っている。たぶんブナだろう。それにしても立派な木だ。葉は黄色になりかけている。

あの木の下で眠ることができたら、さぞ気持ちがいいにちがいないわ。

富田絢花はそう思い、物好きにも実際、試してみようと巨木にむかっていった。ところが先客がいた。品質保証部の西本と営業一課の岸谷だ。なかよく並んで食事をしていた。つきあっていたのか、このふたり。

意外ではなかった。社歴は岸谷のほうが長いが、年齢はおなじくらいのはずだ。お互い、運動会実行委員という共通点もある。それをきっかけにデキたのかもしれない。

西本は黄色のジャージ、岸谷は『ピッタンコペッタンコ』のTシャツ姿だった。ふたりが無邪気に笑っているからというのもあるだろう。とても社会人には見えなかった。いいところ高校生だ。ベタベタしないで、距離を置いているところもそう見える原因かもしれない。

じゃましちゃ申し訳ないわね。

二、三十メートルほどのところで引き返そうとしたら、岸谷に気づかれてしまった。
「富田さぁあああん。おはぎ食べますぅぅ?」

絢花は首を横に振り、喫煙所のほうへむかった。

どうしておはぎだったのだろう。

遠くに見えるブナの木を見つつ、すでに二時間以上も前のことを、いまさらながら絢花は疑問に思った。

「ちがうわよ。アヤカさん」鋭い声が飛んできた。「そっちの手はまっすぐ上っ」

そっちってどっちさ。

絢花は胸の内でぼやいた。しかし口にだして文句を言うつもりはない。素直に右手を垂直にあげる。

「もっとまっすぐ」

「これでどう?」

「うぅうん」

生産部の広川課長の娘、恵が小首を傾げる。なにせ五歳児だ、とても愛らしい。たとえ顔は真剣そのものであってもだ。まだ生え揃っていない眉のあいだに皺が寄っていた。

「よしとしましょう」

くくく、と忍び笑いがする。高城母子だ。ふたりはブルーシートの端に並んで座り、恵にプリキャラの変身ポーズをコーチされている絢花を見あげていた。

四人がいるのは赤組の応援席だ。グラウンドではもうじき借り物競走がはじまろうとしている。参加者の列が入場門をくぐりぬけている最中だった。

仮装ムカデ競走にでていたひとたちは、ひきつづきコスプレでいた。着替える暇がないわけではない。みんな好きで着ているようだ。

商品管理部の渡辺はアンナミラーズの制服だ。人事課長の千葉はカツラの上に金色のカツラを被ったままでいる。顔に塗っていた青い絵の具は落としたらしい。

生産部の弓削は水着一枚でいる。北島康介のコスプレだというが、あれはただ自らの肉体美を自慢したいだけだろう。ファンクラブの黄色い声がひと際高くなる。朝からずっとあの調子で、声が枯れないのだろうかと余計な心配をしてしまう。

いびつでぞんざいなドラえもんがいた。営業一課の三好だ。竹とんぼが接着剤でつけてある青いヘルメットを被り、鈴がついた首輪を首に巻き、青いスウェットといういでたちだ。一応、お腹に白い紙でつくった袋はついてはいる。

恵の父親、生産部の広川課長もいる。赤白ボーダーのニット帽におなじ柄のシャツを着、黒縁眼鏡をかけていた。なんのコスプレだか、さっぱりわからない。

じつは絢花もいまだプリキャラだ。輝もである。恵に脱いじゃ駄目と言われたのだ。彼女が悪いのではない。この服を持ってきた庶務課の武藤を恨むべきだろう。

あのひとはろくなことしないんだから。

絢花はプリキャラを知らない。三十二歳の独身女性が、日曜の朝にやっている子供むけのテレビアニメを知っているはずがない。そんなものをどうして三十七歳の独身男性である武藤が知っていたのやら。べつに知っていてもかまわない。毎月、寮の呑み会ごとにコスプレをしているひとであれば、そうした情報を仕入れていてもおかしくはない。でもそのコスプレをわざわざ今日のために購入して、あたしとアキラに着せなくてもいいじゃない。

昼間に武藤に言われたときは、もちろん断った。

高城は承諾してくれたんだ。プリキャラはふたりで一組なんだ。ひとりが欠けちゃ、意味がない。お願い。ね？　露出度の少ない、健全な衣裳だよ。恥ずかしくないって。社長。なにぼうっとしているんです。社長からもお願いしてくださいよ。

社長も社長だ。ぜひお願いするよと頭を下げてきた。社長の近くには千葉課長がいた。いつもであれば、社長に頭を下げさせるなんて、どういうつもりだ、と武藤を叱っているはずだ。なのになぜだかそのときばかりは、社長といっしょに絢花に頭を下げていた。

社長に懇願されればやむを得ない。やることにした。

あなたが引き受けたから、あたしまでやることになったじゃない。

更衣室でアキラに文句を言った。ところが彼女はこう答えた。

絢花がノリノリのヤル気マンマンだっていうから、あたしもすることにしたのよ。

つまりはふたりとも武藤にいっぱい食わされたのである。

武藤が言ったように衣裳の露出度は少なかった。フリルが盛りだくさんの長袖シャツに裾にレースをあしらった膝丈のふんわりとしたスカート、その下はスパッツ、輝はピンクで絢花は抹茶のような緑色だった。

仮装ムカデ競走は、ふたりの登場で大いに盛り上がった。赤白かまわず声援を送ってくれたので、満更ではない気分になったのもたしかだ。おわってから輝と応援席に戻ってくると、恵がいた。彼女は異常なまでの興奮状態だった。そしてなぜだか変身ポーズを教えてあげると言いだした。

恵の情熱にすっかり気圧され、はじめに輝が習い、つぎに絢花もすることになった。

「ではいまからこのプリティフォンをならします。そしたらポーズをとりながら、さっきおしえたセリフをいってくださいね」

ピロポロリン、プロロロロン、ピュユユユィィン。

こうなればヤケクソだ。

「緑深き森よ、ひとびとに清らかなハートを恵みたまえ」

輝はちがう台詞だった。青き空云々だった。昼まで雲一つない晴天だったが、いまは灰色の雲が覆いはじめている。

「よくできましたぁ」

恵が拍手をする。彼女だけではない。応援席にいたひとたちからも拍手が起きていた。みんなが見ていたのか。とんだ余興を演じてしまったものだ。

「さすがアヤカさんはフォークダンスのセンセーね。はじめはヘタだったけど、さいごにはきちんとマスターできてえらいわ」

恵からお褒めの言葉をいただいた。相手がだれであれ、褒められれば、うれしいものだった。

「ありがとう」とお礼を言う。

単純だな、あたしって。

ぱしゃり。どこかでシャッター音がした。

「ブレちゃった」

つづいて聞こえてきた男の呟き声のするほうに、絢花は顔をむけた。生産部の渡部が五メートルほど先にいる。手にはケータイをかまえていた。

「近所の女の子で、それのファンがいてね。写真を撮って、見せてあげようかと思ってね」

なにも訊いていないのに、渡部が早口でそう言った。

「だったら」輝が立ちあがり、絢花に寄り添ってくる。「あたしもいっしょに撮ってくださいよ」

「アヤちゃんだけで結構」と言い残し、そそくさとその場を去っていった。

「近所の女の子なんて話、ぜったい嘘よ」輝は不服そうに言う。「渡部さん、顔がにやついていたもの。鼻の下も伸びていたし」

「トーチャンもハナの下をのばすことがあるわ」

恵が下から口を挟んできた。意味がわかっているのかしらと思っていると、彼女はＮＨＫのお天気お姉さんの名をあげ、「そのひとがテレビにでてくると、よくそうなるの。そしてママに叱られるの」と言った。

「もうじき借り物競走がはじまりますよ。元の席に戻って応援しましょう。絢花さんもいらっしゃるでしょう」

輝の母に誘われ、「あ、はい」と絢花はうなずいた。

テントの下に戻って社長のそばにいてもいいのだが、それもいい加減くたびれた。原因は社長ではない。千葉だ。千葉がウザい。

今日は赤組勝利のため、全競技に参加致します。千葉は社長にそう宣言し、実行している。ところが結果はどれも散々だった。運動神経も体力もないのだ。そして各競技がおわるたびに、社長の元へ駆けつけ、「お力になれなくて申し訳ありません」「つぎこそは必ず」「どうしたことか今日はあまり調子がでなくて」「となりのコースの者が邪魔をしたせいで、こんなことに」「陽の光が目に射しましたものですから」などとしなくていい言い訳をする。かと思えば社長が競技にでると「さすがは社長。とても四十代とは思えない体力」「勝負には負けましたが、本来の勝利者は社長ですよ」「社長のおかげで勝利を得られたようなもの」「お見事でした、社長」「すばらしかったですよ、社長」「ヨッ、社長」と見え透いたおべんちゃらを言う。

社長はなれたもので、適当にあしらっている。社長の奥さんは千葉がくるたびに露骨にいやな顔をしていた。このひと、どうにかならないの、と絢花に目で訴えもした。

どうにもなりませんことよ、奥様。

絢花にも千葉の行動はさっぱり理解できなかった。ゴマすりにしても限度を越えている。忠誠心をしめすというのともまたちがうように思えた。

騎馬戦のとき、鼻血をだして倒れる社長を抱きかかえ、「社長ぉぉ、だいじょうぶですかぁあ」と叫んでいた。病身の少女と二枚目の青年ならばそれも絵になるが、中年男ふたりではさっぱりだ。社長は千葉の両腕から逃げ、本部へ一目散に消えていった。

好きなのかな、社長のこと。

高校の頃、絢花はＢＬの小説やコミックにハマったことがある。はじめは友達に誘われてだったが、やがて絢花のほうがどっぷりと浸かってしまった。自分でオリジナルの小説を書いていたくらいである。大好きな社長のために一生懸命尽くすものの、相手にされず、ついには会議室で社長に手錠をかけて犯してしまう人事課長の話を書いたこともあった。よもやそれが現実に。

もう我慢できません。社長。どうぞお許しください。

よしたまえ、千葉くんっ。なにをするんだ。

ゲッ。気持ち悪すぎ。

「ねぇ、オバサマ、あやとりしましょ」

応援席の前列を陣取ってすぐ、恵が輝の母をそう呼んだ。いつの間にかその小さな手にはやや太めの糸というか紐が握られていた。色は赤だ。

「いまやるの？」

「いまよ。ねぇ、いいでしょ。メグ、あやとりがマイブームなの。ヨーチエンでおそわったんだけど、うちはトーチャンはもちろんだけど、ママもできないのよ」

「メグちゃん、お父さんでてるよ」輝が言う。

「ほんとに？」恵の関心はあやとりからトーチャンへと瞬時にうつった。彼女の顔はグラウンドをむいている。

「いた。まだ、あのおめでたいフクなのね」

赤白のボーダーだから、おめでたい。輝の母がさっきそう言っていたのを思いだす。恵はそれを真似ているのだ。

「広川さんのあの格好ってなに？　なんのコスプレ？」

輝が言うがみんな、首を傾げるだけだ。

「トーチャァアアン。がんばってぇえ」

広川は第一走者だった。スタートラインには六人の男が立っている。そのうちの五人がコスプレのままだ。

「ワルいヤツもいっしょに走るんだ」

恵の鼻息が荒くなる。

「メグちゃん、ワルいヤツって、もしかしてあの金髪のひと?」

千葉のことだ。輝の問いに恵は力強くうなずいた。

「あのひと、さっき、トーチャンをいじめていたの。だからあたし、プリキャラに変身して、やっつけようとしたんだけど、できなかった」恵は手にあるプリティフォンを恨めしそうに見た。「オモチャじゃダメね。ホンモノじゃなきゃ」子供っぽいことをおとなびた表情で言う。

ぱぁあああん。銃声が鳴る。広川達が一斉に走りだした。

「トォォォチャァアン、がんばれぇえ」

「メグちゃんのお父さん、ファイトォォ」輝の母が叫ぶ。

考えてみればこちらは赤組の応援席だ。白組の広川を応援するのはどうかと思ったが、まわりで応援するひとたちはだれもそんなことを気にしていないようだった。

「広川課長ぉぉ。娘さんが見てますよぉ。イイトコ見せなきゃ駄目ですよぉ」

母に負けじとばかり輝も声をあげてから、絢花を膝でつついた。

「ほら、絢花も。なんか言って」

「なんかってなに?」

「広川課長の応援でもなんでもいいわよ。千葉さんに声援を送る?」

「それだけはいや」

グラウンドでは第一走者たちが借り物の紙を封筒からだしている。

「二千円札ぅぅう」そう叫びながら、いちばんに白組の応援席へ走っていったのは広川だ。

「二千円札を持ってるひと、いませんかぁ」

「トーチャン、なにしてるの？」

素朴な疑問が恵の口からでた。声援を送っていたものの、そもそもが借り物競走のルールをよくわかっていなかったらしい。

「あのお手紙みたいな紙に書いてあるものを、借りてゴールまで持っていくの。あなたのお父さんは『二千円札』を借りなくちゃいけないみたい」

輝の母が説明する。

「ニセンエンサツってなぁに？」

「口で言うのはむずかしいわぁ」

つぎにアンナミラーズの渡辺が白組の応援席に「だれか腕時計をしていませんかぁ。あ、針じゃなくてデジタル表示のでぇ」と呼びかけている。幾人かの手があがった。

千葉は本部へむかっていた。なにをするかと思いきや、ジャック・スパロウのままの社長を連れだそうとしている。

「なにやってるのかしら、あのヅラ野郎」

輝が吐き捨てるように言う。

「はっきり言っちゃ駄目よ」

一応たしなめはしたものの、絢花も自分がにやついているのがわかった。

「ヅラってなにぃ？」

恵の無邪気な問いに輝の母が「カツラのことよ」と教えた。彼女は自分のトートバッグの中をのぞきこんでいる。なにかをさがしているらしい。

「カツラって帽子のおともだちでしょ。絵本にかいてあったわ」

「おもしろそうな絵本ね。今度、おばさんに貸してちょうだい」

そう答える輝の母の手には、バッグからとりだした財布があった。えらく使い古されたそれを開き、お札を一枚だすと、恵にさしだした。

「お小遣いじゃないわよ。見るだけね」

「なぁに、これ？」

「二千円札よ」

「え？」「は？」絢花と輝で揃って声をだしてしまう。輝の母は呑気なものだ。

「こないだ、うちの近所のスーパーで、おつりでもらったのよ。あんまり珍しいから取っておいたの。よかったわ、メグちゃんに見せてあげることができて」

ちがう、ちがう。いまはそうじゃなくて。

輝がその二千円札を奪うように取り、すくっと立ち上がった。

「やだ、アキちゃん、なにするの」

「広川課長ぉぉぉ。二千円札、ありますよぉぉお」

広川課長は見事一位を獲得した。そうなるともう、恵は借り物競走には興味が失せたらしい。応援をせずに、あやとりをしだした。

「メグちゃん、お父さんのところへいったら？」

輝の母がすすめても「うぅん」と生返事しかしない。目が半分閉じかけている。眠いのかもしれない。

グラウンドでは千葉と弓削がゴールに着いていた。『我が社のイケメン』という紙を引いた千葉は、社長を連れていき、一度失格になったのだ。社長のかわりが弓削というわけである。

「弓削くぅうん」「こっちむいてぇえ」「今日もかっこいいわよぉ」「こっちむいてぇえ」

黄色い声をあげるオバチャン達に、パンツ一丁の弓削が手を振っていた。じつにキザったらしいのだが、様になっている。

「ファンのみなさんに一言」

武藤が弓削にマイクをむける。

「いつも応援ありがとう」

恥ずかしげもなく、弓削が言う。さらにはオバチャン達にむかって、投げキッスをしている。黄色い声がさらに大きくなった。

「あの裸のオニーサン、いったい何者なの？」

輝の母が不思議そうな顔つきをして、娘に訊ねた。

「うちの社員。生産部の弓削くん」

「なんであんなに人気があるの？」

「さぁ、どうしてかしらね。母さん、気に入った？」

「間近でみないとなんとも言えないわ。あなたはどうなの？」

「あたしはああいう筋肉質の男はどうもね」

「中学のときにつきあっていたナカジマくんはそうだったじゃない」

「やだ、よしてよ」輝の頬が赤らむのを、絢花は見逃さなかった。「どんだけ昔の話よ」

そういえば輝ってカレシいないのかしら。

一時期、庶務課の武藤とつきあっているという噂はあった。だがどうやらデマだったらしい。以来、輝に浮いた話はなかった。

武藤さんもだよな。三十七歳にもなって独身寮に暮らしているし。いっそのこと、ふたり、つきあっちゃえばいいのに。そうはいかないのかしら。

そう言う絢花自身、ここ二年ほどカレシがいなかった。それまで男を切らしたことのない人生だったのに。原因はあきらかだ。不倫の仲だった額賀と別れてから、男性不信に陥ったのである。

なんであんなヤツ、好きになったんだろ。妻子持ちとつきあうにしても、もう少しマシな男がいたはずじゃないの。

いいところなどひとつもない男だった。顔は並以下、口がいつも五ミリは開いていたのが、莫迦っぽくっていやだった。体型は完全にオヤジ。服を着ていればスマートに見えるが、裸になると筋肉がついておらず、腹がぽっこりでていた。肌は白いというよりも生白く、常にじっとりと汗をかいており、触るとべたつくのが、気色悪かった。

性格も最悪。自分勝手で嫉妬深く、被害妄想気味で、しゃべることといえば家庭や仕事に対する不満ばかり、そして自分を憐れむことにかけては文学的と言っていいほど長けていた。

そのうえケチ。プレゼントをもらったことは一度もなく、それどころか食事を奢ってもらったことすらなかった。絢花の住むアパートに訪れていたのは、ホテル代を払いたくなかっただけだったにちがいない。

ごめんね。だってほら、きみも知ってのとおり、ぼく、妻に財布の紐をがっちり握られているんだ。

額賀はよくそう言ったものだ。申し訳なさそうに、それでいて堅実な妻の自慢をしているような口調だった。

わからない。なぜあたしはあの男とつきあっていたのかしら。

はじめは同情だった。それが愛情に変わり、やがて軽蔑となった。そして憎悪になる前に別れた。

「アヤカさん」うなだれていると、恵がのぞきこんできた。「どうしたの？　おナカいたい？」

「う、うぅん」絢花は慌てて顔をあげた。「だいじょうぶよ」

「よかった」恵はほっとため息をつく。その仕草がなんともかわいらしい。子供がいる人生もありかなと思う。そのためにはカレシをつくらねばならないけれど。

　グラウンドではまだ借り物競走の真っ最中だ。

「パパの出番、まだかしら」

　おなじ赤組の応援席で、女の子が退屈そうに言っているのが聞こえた。恵よりだいぶ上である。十歳くらいだろう。手にはデジタルカメラを持ち、その画面をのぞきこんでいる。額賀の娘だ、と絢花は気づいた。太い眉が父親とおなじだ。鼻の形もだ。

性格が妻にそっくりでね。いや、あれは妻の真似をしているんだな。ぼくの言うことなんか聞いちゃくれないよ。

　額賀が愚痴っていたのを思いだす。

「やだ、パパったら。ひどい顔。見てよ、ママ。超ウケるから」

「よしなさい。悪趣味よ」

　額賀の奥さんだ。今日、はじめて見た。こういうひとだったのかと思うだけである。美人の範疇にあるが、惜しむらくは団子鼻だ。それがぜんたいのバランスをくずしてしまっている。彼女のうしろに控えている初老の男性もおなじ団子鼻だった。その他の部分も相似点が多い。彼に額賀の娘が話しかけている。

「おじいちゃん。新しいおうちもいいんだけど、ＤＳもほしいなぁ」

「今日は無理だが、また今度な」

「今度っていつぅ」

妻の両親っていうのが、これまた最悪なんだよ。なにかと我が家のことに首をつっこんできてさ。しかも妻ときたら、父親の言うことはぜったいでね。結局は義父にぜんぶ仕切られちまうことになるんだ。婿養子でもないのに、たまったもんじゃないさ。

浮気のひとつでもやっていなければ、やってられないと言わんばかりの口調だった。

はぁ。絢花はため息をもらした。つまらない男とつきあっていたものだ。しかもそのせいで、男性不信になるなんて。あたしの心が弱過ぎるのかしら。

「ｉＰｏｄをお持ちの方、いませんかぁ」

赤組の応援席には営業二課の井草課長が訪れ、叫んでいる。彼は仮装をしていなかった。ただし額に大きな絆創膏を貼っている。騎馬戦のときの傷だろう。

「アヤカさん、ホウキ、できる?」

恵の手には赤い紐があった。あやとりのホウキか。

「アキラさんもオバサマもできないっていうのよ。こまっちゃうわよね」

「すいませんね」輝は膨れっ面だ。

「昔はできたんだけどねぇ。どうしても途中のへんがわからなくて」

輝の母が申し訳なさそうに言う。

「あたしもできるかどうか」

たぶんできない。それでも絢花は赤い紐を受け取ろうとしたときだ。

「待って。思いだした。確実にできるヤツがいたわ。いまこっち、むかって歩いてきてる」

輝はグラウンドと反対側に顔をむけていた。

絢花も思いだした。社長を含めた新人歓迎会の席で、その技を披露した男がいる。

「西本くぅうん」

黄色のジャージに身を包んだ西本が、駆け寄ってくるのが見える。右肩からえらくかわいらしいバッグを提げていた。昼時に彼が岸谷といたとき、ふたりのそばに置いてあったように思うがさだかではない。

「なにか用ですか」

西本はそばまで寄ってきたが、ブルーシートにはあがらずに立ったままで輝に話しかけてきた。あいだに幾人ものひとがいて、いまはｉＰｏｄをだれか持っていないかと騒々しい。

「靴を脱いで、こっちまできてくんない？」

輝の手招きに西本は素直に応じた。靴を脱ぎだしている。

「どなたかｉＰｏｄ、お持ちじゃありませんかぁ」

井草が近づいてくる。と同時にツンと鼻につく匂いがした。

うちの課長ったら、加齢臭を気にして、最近、オーデコロンをつけるようになったのよ。

それがとんだ安物らしくてさぁ、トイレの防臭剤みたいな匂いで最悪なんだ。

先週、ふたりでランチをしたときに、輝が話していたのを思いだす。なるほど、この匂いか。たしかに最悪だ。自分自身臭くないのだろうかと疑問に思ってしまう。

恵が鼻と口を両手でおさえている。逆に輝の母は、くんくんとあたりを嗅ぎながら、「なにか匂うわね」と呟いている。

その井草が輝に直接、話しかけた。

「きみ、iPodは持っていないかね」

「いえ、あっ、そうだ、母さん、持ってたよね」

輝の声の調子がおかしい。たぶん息をとめてしゃべっているからだろう。

「なにを？」

「ジョギングするとき、音楽、聞いてるアレよ」

「これのこと？」トートバッグからiPodがでてきた。

「そう、それですっ。貸してください」

井草は跪《ひざまず》き、両手をさしだす。そこに輝の母が「はい、どうぞ」とiPodを置く。そのあいだに西本は辿り着いていた。

「ここ、座んなさいよ」と言いながら、輝が絢花のほうに詰めた。

「失礼します」西本は小さく肩をすぼめ、輝のとなりに正座した。自分の膝に四角いバッグを置いている。

「西本くんさ。この子、生産部の広川課長の娘さんでね」

「広川恵です。トーチャンがいつもおせわになってます」

「とんでもない。こちらこそ」

「きみ、メグちゃんにあやとり教えてあげてくんない？」

「いまですか？」

「そうよ。得意でしょ、あやとり」

「ええ、まあ。でもぼく、実行委員会の仕事をしなきゃいけませんし」

「いいじゃない。ここでサボっていきなよ。武藤さんって人づかいが荒いからたいへんでしょ」

「あ、はい」西本はうなずきかけ、慌てて否定した。「いえ、全然、そんなことないです」

「無理しなくていいって」輝は声高に笑う。こういうところがスポーツマンっぽいと絢花は常々思っていた。「あたし、武藤さんのことはよく知ってるから」

「よく知っているって、あなた、武藤さんとおつきあいしていたの？」

「ちがうわよ、母さん。なにつまんない誤解してんのよ」輝の目がつりあがった。「庶務課だった頃、こき使われたのよ。走り回ってる西本くんを見てたら、昔の自分、思いだしたわ」

「でもアキラ、おかげで鍛えられて、仕事ができるようになったって言ってたじゃないの」

絢花がからかうように言う。

「そう。そこなんだよ。あいつのおかげでいまのあたしがある。それを認めなくちゃならないとこがむかつくの」

「ぐうたらなあなたのこと、こき使えるなんて、たいしたものだわ。いっそのこと、結婚してみたらどう？」

輝の母が身を乗りだしている。

「母さんは黙ってて。では、絢花、西本くんにその紐、渡してあげて」

「ではまず見本をお見せしますね」西本は赤い紐を受け取ると、恵を真正面に見据えた。

「ゆっくりやりますからね」

「はい」恵は瞬きひとつせず、大きな瞳で西本の手の動きを凝視している。

「あたしの言った通りじゃない、母さん。あそこで紐をむこうっ側に引っ張るんだったのよ」

「それはあたしが言ったことでしょう？　アキちゃんがまちがってたから、わかんなくなったのよ」

高城母子の言い争っているところに、「どこのでもかまいません、マッサージのポイントカードをお持ちの方、いらっしゃいませんかぁ」と借り物競走の走者が訪れた。

「あるわよ」輝の母が即答し、財布からそれらしきものをとりだした。「はい、どうぞ」

「母さん、マッサージなんかいってるの？」

「いっちゃいけないの？」

「いけないなんて言ってないじゃない」

「じゃあ、なによ、いまの言い方」

話す内容が変わっても母子の言い争いはつづく。それをよそに、西本はホウキを完成させていた。

「早速やってみよっか」と言い、恵に右手を広げさせ、そこに紐をかけた。

「そのバッグ、こちらに預かりましょうか」

西本の答えを待たずして、輝の母がそのバッグを持ち上げていた。

「ずいぶんと重たいわね。なにが入っているの？」

「おはぎです」

おはぎ？

「なんでおはぎを持って歩いているの？」

輝の母が不思議そうな顔をして問う。

「昼間に食べるつもりが残っちゃったんです。それをあの、食事をしていたところに置き忘れたのを思いだしたので、いま取りにいってきたわけでして」

「そのおはぎはだれかのお手製？」

絢花はいじわるく訊ねてみた。

「ぼくです」少し照れながら西本が答える。「多くつくりすぎちゃって。よろしかったら、みなさんでお食べになりますか」

輝の母は遠慮がなかった。西本のバッグからタッパーをとりだし、蓋を開く。

「母さん、あんだけお昼食べてたじゃない」

「おはぎはおやつよ。メグちゃん、食べる？」

「あたし、あやとり、おそわっているからムリ」

西本の教え方は丁寧だった。そして恵は優秀な生徒だった。飲み込みが早く、あっという間にできてしまった。

「マクドナルドのレシート、五百円以上をお持ちの方あぁ」

また借り物競走の参加者が、声高らかに叫んでいる。

「あるわよぉ」輝の母が手を挙げた。

「母さん、マクドナルドでなにを五百円分食べたの？」

「ひとりでじゃないわよ。昨日、テニス友達とみんなでマクドナルド入って、あたしがコーヒー代を一括して払ったの。西本さん、おはぎ、いただくわね」

「どうぞ」

輝の母は、つまむにはでかすぎる、おはぎを手にすると、がぶりと噛んだ。

「おいひぃわぁ」

「口の中にものが入っているときはしゃべんない」

輝はきびしい口調で注意しながら、水筒のお茶を汲み、母親に渡した。

「すごくおいしいんだから。あなたたちも食べなさい。西本さんって、あやとりができて、おはぎがつくれるなんて、あなた、花屋のウチダくんみたいよね」

「だれですか、そのひと？」

問い返す西本に、「プリキャラにでてくるオトコノコ。だけどじつはオンナノコで」と恵が教えていた。「三人目のプリキャラかもしれないんだって」

西本は絢花と輝を交互に見てから、「ぼくもこの格好をしなくちゃいけないんですかね」と言う。

ですかね、と訊かれてもこまる。

「色は何色になるのかなぁ」

なぜ色が気になる？

「犬の写真をお持ちではありませんか」

また借り物競走の参加者だ。若い男性で、顔はわかるが、名前まではわからない。彼はみんなに声をかけたりしなかった。封筒から紙を取りだし、そのまま輝の母に直行してきたのである。あれだけいろいろ貸しているとなれば、頼りたくなる気持ちもわからないでもない。だけどいくらなんでも犬の写真って。

「持ってるわ」

「持ってるの？」輝が声を裏返して驚いている。

「コロの写真」そう言いながら、輝の母は財布から写真を取りだした。

「コロって、あたしが高校んとき死んじゃった？」

「いつでも思いだせるように、こうして写真を肌身離さず持っているのよ。コロのことなんか、あなた、すっかり忘れていたでしょ」

「そんなことないけど」

「丁寧に扱ってちょうだいね。貴重な写真なんだから」

「わかりました。すぐ返しにきます」

「そろそろ借り物競走がおわりそうですね」そう言いながら西本がゆっくりと腰をあげた。

「つぎの準備があるんで、ぼくいきます」

「あやとり、おしえてくれてありがとうございました」と恵がきちんと礼を言う。

「どういたしまして。おはぎはどうぞ、みなさんでお食べください。食べ切れなかったら、残しておいていただいてもかまいません。容れ物とバッグは運動会がおわってからとりにきますから」

西本が言うようにスタート地点には、最終走者が一列に並んでいた。その中に額賀がいる。彼は『ピッタンコペッタンコ』のTシャツを着ていた。猫背になっているからだろうか、ひどくしょんぼりしているように見える。

「あら、あなたはなぁに？」

輝の母の前に、今度はいびつでぞんざいなドラえもんが立っていた。営業一課の三好だ。

「お、おれはあの」

なにかしら？

三好の視線はあきらかに絢花のほうをむいている。だが輝の母はそれにかまわず、「借り物はなに？　紙にはなんて書いてあったの？」と彼に訊ねている。

「さ、才色兼備です」

三好が口ごもりながら言う。その巨体に比べ、えらく小さな声だ。もう絢花を見ていない。

「なに、それ？」輝が三好の手から紙を奪うようにとった。「ほんとだ。こういうふざけたこと書くのは、ぜったい武藤さんだよね」

よっこらせ、と輝の母が立ちあがり、「いきましょうか」と三好を誘っている。

ええと。

「なにしてるのよ、母さん」

「借り物が才色兼備なのよ。だから、あたしが」

「あたしがって、母さん、自分が才色兼備だと思ってるの？　図々しいにもほどがあるわ」

輝の母は娘が引き止めるのも聞かないで、三好の手を引き、ゴールにむかって駆けだした。

「おもしろいね、アキラのお母さん」

絢花が冷やかすように言う。

「いつもはあんなじゃないよ。ひとがたくさんいるから興奮してんの。子供かっつうの。やんなっちゃう」

呆れてはいる。恥ずかしそうでもある。それでも輝はいまを楽しんでいるようだ。

「あのさ、絢花」

「なに？」

「三好くんはあなたを連れていこうとしてなかった？」

そうか。だからあたしを見ていたんだ。

「そうだったかしら」

「なぁにが、そうだったかしらさ」

輝が絢花の腕をつねる。

「痛っ。いたぁい。なにするのよ、もう」

「あんたのそういうとこがきらい」

「どういうところよ」

「乙に澄ましているところ」

「そんなことないわ」

「あるよ」

「なんかアキラさんにアヤカさん、ホンモノのプリキャラみたぁい」恵は目をキラキラ輝かせている。「ホンモノもケンカするの。でもすっごくなかよしなの。アキラさんとアヤカさんもきっとそうなのね」

否定するわけにいかず、絢花と輝は「あ、うん、まあ」「そういうことになるかな」とうなずくしかなかった。

「第二コース、白組、営業一課、三好くんのはっと」ゴールに着いた三好から武藤が借り物の書いた紙を預かっていた。「才色兼備ぃ？」

スピーカーから流れる武藤の能天気な声に、応援席はどっと沸く。そんな中で輝の母がみんなに手を振り、武藤の持つマイクに自分から口を近づけた。

「高城輝の母でございます。うちの娘がいつもお世話になっておりまぁす」

「勘弁してよ、もう」

輝がため息まじりに言う。うなだれてひとに顔を見せないようにしていた。

「珠算二級、書道三級、華道を少々。いまはすっかりとうがたちましたが、これでも十代の頃は澄ましていれば吉永小百合に似ていなくもないと」

自分が才色兼備であることをPRしはじめた。

「わかりました、わかりました」さすがの武藤も押され気味である。「はい、オッケーです」


「パパァァ、がんばってぇぇ」額賀の娘が叫ぶ。

「あなたぁ、しっかりねぇ」奥さんも声援を送っている。

「靖春くん、一位をとるんだぞぉ」これは奥さんの父親。声援というより脅しに近い。

額賀が走っている。さきを走っていたとなりのコーナーの弓削を追い抜いた。

「絢花さん。あなたもどう？」すでに戻ってきている輝の母がおはぎの入ったタッパーをさしだしてきた。「お食べになったら？」

ずいぶんと大きなおはぎだ。残り三個になっている。

「おいしかった」と言う恵の口のまわりはあんこで真っ黒だ。コントにでてくる泥棒のようである。

「メグちゃん、お父さんにあげてくる？」

「トーチャン、あまいのニガテだから食べないよ」

左右すべての指についたあんこを一本ずつ丁寧に舐めながら、恵が答えた。

借り物の紙を片手に最終走者のひとりがやってきた。パンツ一丁の弓削だった。彼もまた輝の母を頼りにきたのだ。

「ジャンプコミックスです。どの漫画でも、何巻でもいいんですが」

いくらなんでもそれは持っていないでしょう。

しかし絢花の考えは甘かった。

「これってジャンプのかしら」

輝の母の手には『NARUTO』があった。

今後、あのトートバッグからなにがでてこようとも、驚くことはないように思えてきた。

「ありがとうございます」

「はい、つぎの方」

おはぎをとろうとしていた絢花はその手をとめた。弓削のつぎにあらわれたのは額賀だった。

「あなたはなにかしら？」

「絢花っ」

額賀が振り絞るように言う。声は擦れていた。

「アヤカって、こちらのお嬢さんのこと?」

輝の母の問いには答えず、額賀は土足でブルーシートにあがると、手を伸ばし、絢花の右手首をつかもうとした。

「頼む、絢花っ。おれときてくれっ。お願いだ」

「いやよっ、いやっ」

借り物競走の紙になにが書いてあったかは知らない。どうあれ額賀に指一本、触れられたくなかった。

「こっちにこないでよっ」

絢花は後ろ手で後ずさりをしていった。額賀は無言で近づいてくる。まるでゾンビのようだ。

「絢花、いやがってるじゃない。よしなさいよ」

輝が事情を知るはずがない。しかし額賀のただならぬ雰囲気になにかを察したのだろう。そしてそれは彼女だけではなかった。

「にげて、アヤカさんっ」

額賀の右脚に恵がしがみついた。

「え、でも」

「あたしはへーキ。さぁ、はやくっ」

絢花は五歳児の勇気に甘えることにした。身をよじり、四つん這いになってから、立ち上がり、グラウンドと反対方向へ走りだす。靴を履く余裕はない。

「きゃっ」小さな悲鳴が聞こえる。「ごめん、アヤカさん、にがしちゃった」

「額賀くん、待ちなさいよっ」

輝の鋭い声が飛ぶ。

「パパ、なにしてるの」「あなたっ」「靖春くんっ」

額賀ファミリーご一同様だ。娘はこの状態をビデオカメラに撮影しているのかしら。余計なことを思いながら、絢花はブナの木にむかって走っていた。

「絢花っ、ぼくにはきみが必要なんだっ」

背後で額賀が言う。荒い息づかいも聞こえる。かなり近い距離にいるのはわかるが、振りむいてたしかめることはできなかった。

なに言ってるの？　わけわかんない。あなたとの関係はとうの昔におわっているわ。

「ふたりで人生をやりなおそう」

人生はやりなおしたい。

だけどあなたとだけは御免よ。

妻子持ちの男と長続きするとは思っていなかった。額賀との関係が長引いたのは、彼がしつこかったせいである。そしてまたうっすらと軽蔑しながらも、誘われると断りきれなかった自分も悪かったことはたしかだ。

それでもアパートの自室で、絢花から幾度か別れ話をもちかけはした。その度に彼は目尻に涙を浮かべ、それだけは勘弁してくれ、と懇願するように言った。

いまここできみを失ったら、ぼくはなにを生き甲斐に生きていけばいいんだ。

絢花に手をあげることはなかったものの、部屋にある本や雑誌、バッグ、化粧道具、リモコンなどを投げつけてきたり、力任せに壁を殴ったり蹴ったりもした。

そして絢花は一計を案じた。子供ができたと嘘をついたのだ。額賀の驚きようといったらなかった。額に汗を滲ませ、髪の毛を掻きむしり、うぅうぅうと唸った。なにかの禁断症状のようだった。やがてそれがすむと、彼は絢花を真正面から見据え、こう言った。

堕ろすよね。産んだりしないよね。駄目だよ、産んじゃあ。産んでもぼくは認知しないからね。しないっていうか、できないよ。うちの事情、きみだったらよくわかってるだろ。よし、こうしよう。堕ろすお金はぼくが払う。これでも多少のヘソクリはあるからね。だけど病院へはひとりでいってくれよ。そこまではつきあえない。いくらかかんのかな。十万もあれば足りる？　きみのパソコンで検索してみればいいか。うん、そうしよう。

お金は自分でどうにかするわ。

絢花はどうにかそれだけ言うことができた。

だからお願い。あたしと別れて。

「いやっ。いやいやいやっ」

絢花は走った。走りつづけた。ブナの木まではまだ遠い。

「ぼくはきみを愛し、どわぁっ」

背後でどすんと鈍い音がした。ふりむくとそこには額賀の姿はなかった。代わりにいびつでぞんざいなドラえもんがいた。三好だ。からだを丸めて立っている。なにが起きたのか、絢花はすぐに気づいた。三好が額賀に横から体当たりをくらわしたにちがいない。

額賀がその四、五メートル先で仰向けになっている。絢花は足を止めた。

「あなた、うちのパパになにするのよ」

額賀の娘がいた。彼女に文句を言われ、三好はその巨体をどうにか小さくしようとしている。

「ご、ごめんなさい」

奥さんが額賀の脇にしゃがんでいるのが見える。

「あなた、だいじょうぶ？」

「ああ、どうにか」

返事はあった。騎馬戦のときのように気絶をしたわけではなさそうだ。しかしなかなか起き上がろうとしない。額賀の右手に握られていた紙を、奥さんが取った。

「あっ」

すごい勢いで身を起こす額賀をよそに、奥さんは紙を見ていた。それから立ちすくんでいる絢花を横目で見た。ほんのわずかなあいだだけである。すぐに夫に視線を戻した。

「あなたの会社っておもしろいところね。こんなものを借りてこいだなんて。この指示に従うあなたもあなたよ。みんなの前でこれを公表するつもりでいたの？」

「ち、ちがうんだ。彼女とはとうの昔に、その。いや、あの、すまん。わからない。自分がなにをしようとしたのかさっぱり」

額賀はうなだれている。別れ話を切りだしたときとおなじ表情だった。

「ごめんじゃすまないわ。パパになにかあったらどうするつもりよ。だいたいなに、そのふざけた格好は」

三好を責めつづける娘を、「ハルちゃん、パパはだいじょうぶよ」と奥さんがとめた。「悪いのはパパのほう。女のひと、脅かすような真似したんだから。その方は彼女を助けようとしただけ。ね、そうでしょう？」

「ほんとに申し訳ありませんでした」

三好が深々とお辞儀をする。ヘルメットの上の竹とんぼがない。額賀に体当たりをした拍子にとれたのかもしれない。

「第三コース、赤組、営業一課の額賀くんは時間切れで失格になりましたぁ。なにをどこまで借りにいったんでしょうかねぇ」

武藤の声だ。スピーカーから流れているのが聞こえてきたのだ。

「あなた。今日はもう帰りませんか」

奥さんは額賀の右手を軽くにぎっていた。

「帰るのサンセー。あたし、すっかりあきてたんだ」

「おぉぉおおい」初老の男性が走ってくる。

「やだ、おじいちゃんったら。いまごろきて。いつも若いものには負けないって威張ってるのに、全然、足、遅いじゃん」

「今日はお父さんにはどこかホテルにでも泊まってもらわなきゃ」

「えぇ、どうして、ママ？　うちでいいじゃん」

「今日はね、ママ、パパとお話ししたいことがあるのよ。さぁ、いきましょう、あなた」

額賀を支えながら、奥さんが絢花のほうに顔をむけていた。微笑んでいる。ひとによっては慈愛に満ちたと表現するだろう優しい笑顔だ。しかし絢花はその目の奥にちらちらと炎が揺れているのを見逃さなかった。嫉妬か怒りか。いずれにしろ、彼女は自分のことを許さないと絢花は確信する。夫のこともだ。しかし彼と離婚をすることもないだろう。

額賀の家族が去っていく。きれいに横一列に並んでいる家族はとても仲よさそうだった。

それから絢花はブナの木に目をむけた。昼間、あの木の下で仲睦まじくしていた西本と岸谷のことが、ひどくうらやましく思えてきた。

あんなふうに爽やかな恋愛をする機会が、あたしにまためぐってくるかしら。

「と、富田さん」

三好が申し訳なさそうに声をかけてきた。

そうだ、お礼、言わなきゃ。

「ありがとう、三好くん。助かったわ」

「いえ、あの、はい。でもやりすぎてしまいました」

いいのよ。あんなヤツ。

「戻りましょうか」

「は、はい」

「おいしいおはぎをもらったの。いっしょに食べない？」

16:30

赤白対抗リレー

「運動会の最中ならば、アクシデントですむわよ」

ケータイのむこうから聞こえる矢波先輩の声は、昔と少しも変わりがなかった。張りがあり、きつい口ぶりだが、それでいて艶っぽい。

武藤猛はしばらく答えずにいた。ためらったのではない。耳の奥で矢波の声の余韻を楽しんでいたのだ。うれしかった。十年以上昔に戻った気がする。

「いっちょ、やってみましょうか」

「じゃっ、よろしくね」

切れた。電話では自分の用件だけしか話さない。これもまた昔のまんまだ。

最終走者のひとり、営業一課の額賀が借り物の紙を引いたのち、社長秘書の富田を追いかけ、さらにそのあとを額賀の家族が、そしてなぜだか営業一課の三好までもが追いだし、グラウンドから離れたところで揉めていることに武藤は気づいた。面倒なことになっていそうだったので、額賀を失格とし、借り物競走をおわらせた。

マイケル・ジャクソンのコスプレを脱ぎ、もとのジャージに着替えてから、額賀達の様子を窺いにいこうとしたところに、矢波先輩からの電話があった。彼女と話をしているあいだ、揉め事のあった現場に目をむけると、だれもいなかった。黄色に染まりかけた巨木があるだけだった。

武藤はケータイを閉じ、ジャージのポケットにしまった。

遂にこのときがきたか。

武藤は胸が高鳴った。

いっそのこと、みんなの見ている前で実行してやろう。競技の最中にやってしまうのがいい。でもどうやって？

競技はあと二つ。二人三脚に赤白対抗リレーだ。千葉は今朝の宣言どおり、これまですべての競技に参加している。

もうじき二人三脚がはじまる。入場門の裏手にいるのはこの参加者だ。みんなその場で足踏みをして、息をあわせていた。

広川の娘と高城の母親もいる。身長差と年齢差はその中でいちばんだろう。ふたり揃って、えらく派手なピンク色の服だ。広川の娘が着ているのは、プリキャラの衣裳を象ったものだった。

見た目は祖母と孫だが、はしゃぐふたりの醸しだす雰囲気は、クラスのなかよしのようだ。同好の士といったほうがより近いかもしれない。どんないきさつで、このふたりがこれほど親密になったのか、武藤には知りようがなかった。

高城の母ちゃんっていうのもおかしなひとだよな。

借り物競走では、五つか六つ、彼女が借り物を提供していた。しかもどれもけっこうな難易度のものだ。

ふつう、あんなオバサンが『NARUTO』のコミックス持ってるかよ。なんで持ってたんだ？　ま、あのひとの場合、自分で読んでいたとしても、もう不思議には思えないけど。

ピンクの服を着たふたりは、足踏みをしながら歌を唄いだした。

♪キィミのことをモットモット
知ぃりたいなんて
アァタシだってモットモット
知ってほしいわよ
そしたらふたりはモットモット
おぉ近づぅきぃになれるもの
だけどそうはいかないワァケがあぁるぅ♪

プリキャラの主題歌だ。広川の娘はもちろんのこと、高城の母親もはっきりと唄えていた。

武藤はその歌をはじめて聞いた夜のことを思いだした。

四ヶ月ほど前だ。独身寮でおこなわれる呑み会に、広川があらわれた。そしてだれよりもへべれけに酔っぱらったうえに、終電になっても帰ろうとしなかった。それどころかまだ呑み足りないとだだをこね、若手社員を外へ連れだした。その日、武藤は、いま広川が着ている『ウォーリーをさがせ！』のウォーリーの格好だった。

　むかった先は寮の近くにあるカラオケボックスだった。そこで彼はプリキャラの歌を歌詞を見ずにソラで熱唱した。くりかえし何度もだ。そして若手社員が寝ていようものなら、蹴りを入れたり、エルボーを食らわしたり、マイクで叩いたり、とやりたい放題だった。

「娘がこのアニメが大好きなんだ。娘が大好きだったら、親であるおれも大好きにならなくちゃいかんだろ。それが親の役目だ。おまえたちだって、親になればおれの気持ちがわかる」

　そう言うと、武藤を含めたその場にいた若手社員達に曲の合間のセリフというか、合いの手を強要する始末だった。

「おれが、♪可愛いだけじゃダメなのよ、って唄ったら、おまえたち、（えぇぇぇ？）っていうんだぞ。♪強くなくっちゃヤッてけない、のあとは（ホントにぃ？）で、♪それが当節のオンナノコ、のあとは（まぁタイヘン）だ。わかったかぁあ。いっぺん練習するからな。♪可愛いだけじゃダメなのよ、ほらっ」

　逆らうことは不可能だった。みんなで一斉に「えぇぇぇ」と言うより他なかった。

「莫迦野郎っ。プリキャラのヒロインは中学二年生の女の子なんだぞ。そんな野太い声じゃダメだっ。もっとかわいらしく言えないのかぁっ。もう一回」

「えぇぇぇぇ」

「まだまだっ」

「えぇぇぇぇ」

「つぎっ。♪強くなくっちゃヤッてけないっ」

「ほんとぉにぃぃぃ」

朝の五時をまわった頃、ようやく広川は酔い潰れ、テーブルの上に大の字で眠った。そのまま放っておいて、みんなで逃げてしまおうとしたところ、学生らしきバイト店員に、お忘れ物ですよ、とやんわり注意されてしまい、やむなく寮まで連れて帰った。

「武藤さん」目の前に西本があらわれた。右手にハンドスピーカーを持っている。その表情を見て武藤は、おや？　と思った。キリリと引き締まっているのだ。

「ん？　どうした？」

「あのふたり、飛び入り参加希望でして」

西本はピンクコンビに目をむけた。

「あやとりのセンセー」

歌を中断し、広川の娘が西本に手を振った。彼の特技があやとりであることは武藤も知っている。あの女の子に教えでもしたのか。でもいったいいつ？

「あなたのおはぎ、おいしかったわよぉ」

高城の母親が西本を褒め讃えている。

おはぎ？　あなたのおはぎ？　どういうことだ？

ふたりにお辞儀をしてから、西本は話をつづけた。

「広川さんは白組で、高城さんは赤組なんですよ。それぞれの家族はそれぞれのチームってことになってますよね。でもどうしてもこのふたりはコンビで二人三脚にでたいとおっしゃるんで」

西本はしゃべり方もしっかりしていた。午前中までこうではなかった。一日、実行委員として走りまわっているうちに変わったのかもしれない。

「全然かまわないけど、赤白どっちのコースを走るの？」

「赤組です。額賀さんが娘さんとでるはずだったのが、どちらにもいらっしゃらないんですよ。借り物競走で失格になってからずっと。ご家族も見当たらなくて」

「急用ができたって、さっき、おれのケータイに電話があった。親戚に不幸でもあったようだぞ」

口からでまかせである。額賀のみならずその家族のためにはこのほうがいいと思ったのだ。

「そうだったんですか。だったらしかたないですね」西本は微塵も疑っていなかった。「それでもまだ赤組が一組たりなくて、いまから応援席に声をかけにいくところです」

「他にまだ早退したひとでもいるのかい?」

西本は人事課で事務をしている女性社員の名をあげた。

「寒気がする、風邪かもしれないって、仮装ムカデ競走がおわったあと、帰っちゃったんですよ。彼女が組むはずだった相手が、じつは千葉さんでして」

「それって千葉さんと二人三脚をしたくないから、仮病をつかって帰ったに決まってるだろ」

「決めつけないでください」西本がピシャリと言った。「その後、千葉さん自ら、何人か誘ったそうなんですが、すべて断られてしまいましてね。とうとうあきらめて、ついさっき不出場を申し出てきたんですよ」

そこまでみんなに嫌われるとはたいしたものだ。さすがにこうなると気の毒になってきた。

いや、待てよ。これは好機ではないか。

「じゃ、ぼく、いってきます」

「待て。千葉さん、本部にいるのか」

「ええ、たぶん」

「おれが千葉さんと組むよ」

そして転んだふりでもして、カツラを取ってしまおう。

「でも武藤さん、白組でしょう?」

あっ、そうだった。

「広川さんの娘と高城の母さんだって、赤白別々じゃないか」

「でもそれは」

「うまいこと二人三脚のスタートを引き伸ばせ。おれはいますぐ、千葉さんを連れてくる」

　カキツバタ文具は小さな会社だとはいえ、本社と工場あわせて社員だけではなく、パートのオバチャン達も含めれば百五十人はいる。それだけの人数がみんななかよくできるはずがない。あいつが嫌い、こいつは嫌と、ひとの好き好きがいろいろあってもやむを得ないことである。

　だが千葉のことは、みんなが口を揃えて「嫌いだ」と言う。

　口調は暗くねちっこい。反論には耳を貸そうとしない。たとえ彼の意見に賛同しても、本心から言っているとは思えませんね、と言われてしまう。彼の間違いを指摘しようものなら大変だ。ヒステリックになり、手がつけられない。そんな人間をだれが好きになるだろう。結婚しているのが不思議なくらいだ。ちなみにその結婚式には社員はひとりも出席しなかったらしい。

　よくもまあ、あれだけひとに嫌われて、会社にいられるもんだよ。

　あれ？　いないぞ。

　千葉のことだ、社長のそばをうろついていると思ったが、見当たらなかった。よもや二人三脚の相手がみつかってしまったのか。それはこまる。

「選手入場ですっ」

放送席で岸谷が言う。

しまった。二人三脚がはじまってしまう。

「社長」

「うん？」武藤の呼びかけに、顔をむけたジャック・スパロウは口のまわりがあんこだらけだった。彼の前には紙皿に載ったおはぎがあった。西本がつくったものかどうかはわからない。「どうかしたかね」

「千葉課長がどこにいるか、ご存じですか」

「どうしてわたしが知ってなくちゃいけないんだ」

露骨にいやな顔をされてしまった。たしかにそうだった。千葉は社長の動向を常に窺っているが、その逆はあり得ない。社長の奥さんにもきつい目で見られてしまった。彼女もまた夫にまとわりつく千葉を、嫌っていた。

「さきほど二人三脚をいっしょにしないかと言われてね。断ったんだよ。それよりきみ、このおはぎ、食べないかね。おいしいんだが、でかすぎて一個は無理なんだ。彼女の」社長は放送席に座る岸谷をあごでさした。「手作りなんだよ。どうだい？」

岸谷のおはぎは、なるほどでかかった。社長が残した半分でも口一杯だ。それを食べながら、走るのはなかなかしんどかった。

武藤はトイレにむかっていた。千葉がどこかへいったとすればここの他にないと思ったからだ。ケータイが震えた。西本からだ。

「千葉さんがいないんだ。いま探している」

「だったらもういいですよ。こっちであと一組さがしたほうが早いですって」

「二人三脚ははじめてていい。アンカーに間に合うようにはいく」

「そんな間に合わなかったら」

武藤はケータイを切った。その途端だ。

「おい、こら、武藤」と声がしたかと思うと、お尻をけられた。商品管理部の渡辺だ。矢波先輩の夫はアンナミラーズの制服を着ていなかった。自前のスポーツウェアに戻っている。

「痛いでふよ」口の中に残っていたおはぎを、ごくりと飲み込んだ。「なにするんですか、渡辺さん」

「おまえ、うちの息子におれの写メ、送っただろ」

「ああ、はいはい」

「はいはいじゃない。さっき、夏海から留守録が入っていてな。おれがアンナミラーズの制服を着ていること、知っていたんだ。どうせおまえがやったことだろうと、送信メールをたしかめたら、夏海じゃなくて、陸太に送ってたじゃないか」

「え、あ、すいません、慌てていたもので。奥さんと息子さん、宛先のところに並んであったからまちがったんですよ。できれば奥さんのほうは旧姓で入力をしなおしてください。そうすれば今後、そのような間違いは」

「おまえがつまらないイタズラをしなければすむだけのことだ。夏海のヤツ、折り返しお電話いただけないでしょうかなんて言ってるんだぞ」

「すればいいでしょう」

「できるか。あいつが丁寧な口調のときは本気で怒っているときなんだよ。おまえだってわかっているだろう」たしかにそうだった。「あぁあ、もう。家に帰るんだって怖いくらいなんだからな。どうしてくれる？」

だんだん泣き言になってきた。いい加減、相手をしていられない。

「渡辺さん、おれ、急ぎの用が」

「ん？」渡辺は武藤の肩越しになにかを見ていた。「なにやってるんだ、千葉のヤツ」

千葉のヤツ？

武藤はふりむいた。最初に目に入ったのは黄色に染まりかけた巨木だ。その下で千葉がゆっくりと走っていた。かと思うと、踵を返し、猛ダッシュになった。と、また踵を返しゆっくり走る。その繰り返しだ。すでにデスラー総統ではない。ランニングシャツに短パンだ。それも本物のアスリートが着ているようなものなのだが、笑ってしまうほど似合っていなかった。

「千葉さん、リレーもでるんで、そのウォーミングアップかも」

「そうなんだ。おれもさ、でることになって」

「え？　そうなんですか？」

「庶務課の亘鍋、いるだろ。彼が騎馬戦んとき、足を挫《くじ》いたらしくてね。ちょっと腫れてて、いま保冷剤で冷やしてるんだ。で、その代理。じつはおれ、足には自信があってさ。中学時代、都の陸上競技大会にでてて、短距離走で好成績をだしていてね。当時は金沢のチーターと呼ぶひともいたくらいだよ」

だれかおなじようなことを言っていたな。まあ、こういう自慢をするひとは山ほどいるものだ。

「千葉って足、早かったのかな」

「どうでしょう。とにかく全競技にでると言い張るものですから」

「いま、二人三脚、やってるだろ。それは？」

「組むはずだったひとが、早退をしていなくなっちゃったんですよ。それで千葉さん、代わりをさがしたものの見つからなかったものですから」

おれがその代わりを、と言おうとしたところを渡辺に遮られてしまった。

「どうしてみんなして、あいつのことをそうまで嫌うかね」

「そりゃあ、だってねぇ。ああいうひとですから」

「おれはそうでもないんだよね」

「マジですか？」思わず武藤は言ってしまった。

渡辺は苦笑に似た表情を浮かべている。

「おれだってあいつと友情を深めたいとまでは思わない。ほんとはいいヤツだなんて思ってもいない。それ言わなくていいじゃんって余計なこと、おれも言われたことあるしね。あいつは底意地の悪い嫌なヤツだ。それにだれも信用していない。でもだからこそ見えることってあるんじゃないかな」

「見えるって、なにがでしょう？」

「ひとの本心っていうか、大仰にいえば真実の姿かな。あいつのひとを見る目ってたしかだと思うんだ。だから人事課にぴったりなんだよな」

ひとを信じていないからこそ、ひとのことがよくわかるというのか。あるいはひとのことがよくわかるあまりに、ひとを信じられなくなったのか。

いずれにしろ、なかなか難儀な人生だ。

「なぁ、武藤。おれ、千葉と二人三脚してきていいか」

「え？　でも渡辺さん、白組でしょう？」

さきほど西本に言われたことを、武藤は口にしていた。

「おまえ、運動会の実行委員長なんだろ。おまえがいいって言ったらいいわけだろ。な」

武藤は頭を抱えていた。

もちろん千葉のカツラを剝ぎ取る絶好の機会を逃してしまったからだ。どうしたものかと考えながら、応援席の裏手を本部にむかって歩いていた。

べつに競技の最中である必要はない。そこまで矢波先輩も命じてはいない。しかしやはりどうしたって、みんなが見ている前で剝ぎ取ったほうがいい。

残るは赤白対抗リレーだけだもんな。でもおれ、でないからなぁ。まさかみんなが走っている最中に乱入するってわけにもいかないし。たとえだれかに代わってもらって、リレーにでたとしても、どうやってカツラを剝げばいい？　競技中はあきらめて、べつの機会を狙うか。それにしたってあまり時間はない。

武藤は足を止めた。グラウンドでは二人三脚がはじまっている。みんな必死だ。一生懸命だ。

応援席は沸きに沸いている。叫んでいないものなどいない。

「がんばれがんばれ」「焦っちゃ駄目よ」「あきらめないで」「もうすぐよ」「あと少しでゴールだ」

「がんばってぇええ」

赤組の応援席からひと際、華やかな声があがる。社長秘書の富田だ。まだプリキャラのままだった。膝立ちして声援を送る彼女にケータイやデジタルカメラをむけているオジサン達を、武藤は幾人か見つけた。となりに白組のはずの三好がいる。彼の口のまわりにも社長とおなじようにあんこがついていた。

ふたりを見ているうちに、額賀が借り物競走でどんな札を引いたのか、武藤は気になりだした。

借り物の札は運動会実行委員会でつくった。借り物競走の出場者は赤白あわせて三十人だが五十枚作成した。そのすべてに実行委員長の武藤は目を通している。つまりは特定の人物に特定の札を封筒に入れられた札は無作為にコースに並べていった。つまりは特定の人物に特定の札を引かせるなんてことはできない。

額賀は偶然、なにかを引いた。そしてそれが富田の持っているもの、あるいは富田自身だった。

「あっ」

まさかアレじゃないよな。

実行委員の面々が書いたのが、あまりに生真面目でありきたりだったので、額賀はないしょで数枚取り替えた。『才色兼備』などそうだった。

いやでもさ。アレは言ってみればハズレの札だ。アレを引いたら、こんなの無理ですとか、あたし、こんなことしていませんとか、たとえしていたとしても、相手を連れてこようとする莫迦がいるはずがない。

だが額賀がその莫迦だったら。

額賀は女癖が悪いらしい。まさか富田絢花が？　いや、社内の女性には手をださないって話ではなかったか。

いやいやいや。なにかべつの札だったはずだ。『社内でつきあってみたい異性』とか『豹柄のパンツを穿いていそうな人』とか、おれが書いたのまだ他にあるし。うん。きっとそうだ。額賀と富田？　ぜったいない。ないない。

自分に言い聞かせていると、うしろから右肩を叩かれた。ふりむくと頬に爪が刺さった。

「痛っ」

「はは。ひっかかった」高城だった。

「おれのうしろに立つな」

「デューク東郷じゃあるまいし」高城はなおも笑った。「武藤さん、昔よく、あたしにコレしたじゃないですか。仕返しですよ、仕返し」

昔も昔、彼女が部下だったのは十年も昔のことだ。

「なんだよ、高城。プリキャラのコスプレ、脱いじまったのかよ」

思わず不満そうに言ってしまった。シャレで着せたのだが、意外にも似合っていて、それどころか高城のことをちょっと可愛く思えてさえいたのだ。

こいつ、会社に入りたてんときはひどかったからな。

化粧はしない、肌は真っ黒、髪はぼさぼさ、そのうえ胸がない。子供の頃にオオカミに育てられた少年だか少女の写真を、世界ふしぎ大百科とかいうタイトルの本で目にしたことがある。高城はまさしくそれだった。さすがに二、三年もすると垢抜けてきたものの、それまでは連れて歩くのが恥ずかしかったほどだ。

いまはちがう。化粧も上手になった、肌も小麦色程度になった、髪も整っている、しかし残念ながら胸はないままだ。

「いつまでもあんなの着てられませんよ。それにあたし、リレー、でなくちゃいけないんで」

「そういや高校んとき、ソフトボール部だったけど、陸上部でひとが足らないと、大会にかりだされたって言ってたな」

十年も昔に聞いた話を武藤はふと思いだした。

「その話、武藤さんにしたことありましたっけ?」

「そうだ」こいつも渡辺とおなじように、あだ名があったはずだ。「おまえ、荻窪のジョイナーって呼ばれてたんだよな」

「なんでおぼえてるんですか。勘弁してくださいよ」

高城は頰を染めていた。それもまた武藤には可愛く思えた。

「その話をしたとき、けっこう自慢げだったぞ」

こいつとは残業のあとに、よくふたりだけで呑みにいってたっけ。デートと呼べる代物ではなかった。いくのはいつも居酒屋で、話すことといえば会社の愚痴や上司の悪口ばかりだった。払いはいつも割り勘。ボーナスが入ったときぐらいはおごってやった。

「三十過ぎたら、それ以前のことはすべて恥ずかしくてたまらないって感じですよ。昔の話は勘弁してください」

「おれと働いていた頃も恥ずかしいことなのかよ」

「はは。ま、そういうことになりますかね」

おれにはけっこう大切な思い出だぜ。

なんて歯の浮くような台詞が思い浮かんだが、もちろん武藤は言わないでおいた。

「そうだ、武藤さん。おはぎがあるんですけど食べます？」

「いらねぇよ。もうたくさんだ」

「もうたくさん？　どこかで食べたんですか？」

「社長からもらった。岸谷の手作りだって」

「あたしたちんところは西本くんがつくったヤツですよ」

「だれがつくったんだって、いらないものはいらない。いまだって胸焼けしているくらいなんだからよ」

「メグちゃぁあん、がんばってぇぇえ」

富田が叫ぶのが聞こえる。

「母さんとメグちゃん、もう走ってるんだ。応援いかなきゃ。じゃ、武藤さん、失礼します」

高城は靴を脱ぎ、ブルーシートにあがっていった。

「二人三脚もこれでラストです。みなさん、がんばってください。第五コース、人事課の千葉課長と商品管理部の渡辺さん、こちらの同期ペアの得点は赤組のものとなります」

千葉と渡辺が肩を組んで走りだした。快調なすべりだしだ。「一、二、一、二」「一、二、一、二」と掛け声をだしあいながら、けっこうな大股で走っていく。みるみるうちに、他のペアを引き離していった。

武藤は本部まで戻ってきたが、テントの下に入らず、その脇に立ち、同期ペアの走りをじっと見つめていた。

「がんばれ、がんばれ、ワタナベ、われらがワタナベ」

白組の応援席では生産部の渡部に庶務課の亘鍋、そして物流部の綿辺が声を揃えて応援しているのが見える。渡辺が言っていたように、亘鍋は右足に氷をあてているようだ。それでも元気にブブゼラを吹きだした。渡辺を応援したところで、白組の得点にはならないのにもかかわらずだ。ワタナベ達以外にも、渡辺を応援するひとたちは大勢いる。

ところがどうだ。赤組の応援席から千葉を応援する声はまったくない。

武藤は改めて千葉を見る。彼も必死だ。一生懸命だ。全身全霊をかけている。本気なのだ。社長のためだけとは思えない。彼はがんばっている。

「がんばれぇぇぇ、千葉さぁあああああん」

気づいたら、武藤はそう声を張りあげていた。

千葉と渡辺のペアはゴールまであとわずかだ。一位は確定だろう。全競技に参加しながら千葉は初得点である。

「ファイトォォォ、千葉さぁあああ」

最後まで言えなかった。

「うわっ」「どぅわっ」

ふたりが転んだ。渡辺の上に千葉が折り重なった。

それでも二人三脚は赤組の勝利でおわった。

二人三脚で赤組が勝っても、依然、白組のリードだ。赤組が逆転できるチャンスは最後の赤白対抗リレーのみとなる。

グラウンドではその準備が、運動会実行委員会のメンバーによって、手早く進められていた。西本がラインマーカーを押しているのが見える。

千葉はなんともなかったが、渡辺は右足首を前に折り曲げねんざしてしまった。亘鍋とふたり並んで、患部を氷で冷やしている。

「じゃあ、武藤。おまえに任すからさ。がんばってくれよな」

「がんばりますよ、もちろん」

武藤はガッツポーズをしてみせた。なにを任されたかといえば、リレーの代理だ。ただしくは代理の代理である。

「だけどおまえ、ほんとか」

「なにがです？」

「ほんとに黒部のジャガーって呼ばれていたのか」

「ほんとですって。まあ、見ててくださいよ。みんなをあっと言わせますからね」

「あっ」

「早いよ、ヨッシー」渡部が綿辺にむかって言う。なぜヨッシーなのかは、武藤にはわからない。

「ちがいますよ。雨です、雨」

綿辺が灰色の空を仰ぎ見る。他のワタナベ達もだ。武藤もそうした。

ぽつり。頬に冷たいものがあたる。ぽつり、ぽつり。

「ねぇねぇ、トーチャン、あたしのおハナシ、ちゃんと聞いてる?」

「聞いてるよ」

赤組の応援席の裏手を歩いていくと、生産部の広川がいた。地べたにしゃがみ、ブルーシートの端に立つ娘に、ピンク色の合羽を着せている。彼はもうウォーリーではなかった。

『ピッタンコペッタンコ』のTシャツに短パンだ。

「あたしとオバサン、すっごくはやかったんだから。もうすこしでイチバンだったんだから。っていうか、あたしの中ではイチバンよ」

娘はぴょんぴょん飛び跳ねた。

「わかったからそう動くな。ちゃんと着せられないだろ」

「ね、オバサン。そうだったよね」

となりにしゃがむ高城の母親に広川の娘が話しかける。

「ええ、オバサンの中でもイチバンだわ」

「すいません、恵がすっかりお世話になってしまって」

「いいんですよぉ。きたはいいけど、娘につっけんどんにされて、どうしようかと思ってましたの。アキちゃんもねぇ、昔はメグちゃんみたいにかわいかったのに、どこでどうまちがって、ああなっちゃったものだか」

その横を通り過ぎようとしたとき、「武藤っ」と広川が前にぬっとあらわれた。

「な、なんでしょう?」いつもよりは柔和な表情だ。それでもやはり気圧されてしまう。

「さっきはありがとう」

「は?」

「おまえ、騎馬戦のあと、おれが千葉課長に小言くらってたとき、助けてくれただろ」

「あ、ああ、はい」

「チバカチョーって、ヅラのひとのことよね」

広川の娘が無邪気に言った。そうだよ、とは答えづらい。

「トーチャンをいじめてたワルいヤツでしょう」

「メグ、おまえ、あれ、見てたのか」

「うん。それでねあたし、トーチャンをすくおうと、プリキャラにヘンシンしたかったんだけどできなかったの。もちろん、あれはテレビの中のできごとだって、あたし、しってるわ。このプリティフォンもオモチャだもの。だけどもしかしたらって」

「あれはな」広川はふたたびしゃがみ、娘と視線をあわせた。「トーチャンのいたずらがすぎて、あやまっていただけだ。いじめられてたわけじゃない」

「チバカチョーはワルいヤツじゃないの？」

「ちがうぞ。トーチャンの仲間だ」

父親の意外な発言に娘は目を丸くしている。おれもこの子とおんなじ顔してるだろうな、と武藤は思う。

「プリキャラのふたりだって、なかよしなのにケンカをするだろ。まあ、あれとおなじようなものさ」

「へぇ、そうなんだ。ほんとはトーチャンはあのヅラさんとなかよしなんだ」

「なかよしなわけではないが」

そこは否定するんだ。

「武藤さん」高城の母親が声をかけてきた。

「なんでしょう」

また、おはぎを食えと言われるのだろうか。

「あなたは立派だわ」

「はい？」

なにを言いだすんだ、このひとは。

「あなたが運動会をやろうって言ったのでしょう」

「ええ、まあ。そうですが」

「これだけのひとを楽しませることができるなんて、とても素敵なことよ。それにね、みんな、楽しんでいるだけじゃない。いつも必ずだれかがだれかを応援している。励ましている。素晴らしいわ」

弱ったな。真顔で褒められると、どう反応していいか、わからないよ。そういう経験ないからな、おれ。

「はは、いやぁ。どうも」

「あなた、会社が好きなのね。そうでしょう?」

「いや、あの」

「あたしもカイシャ、すき」広川の娘がぴょんと飛び跳ねた。「コフンよりもずっとすき」

コフン?　古墳か?　でもなぜ古墳と比較する?

「だろ」広川の顔がパッと明るくなった。「トーチャンときて正解だったろ」

「うん。ずっとたのしい。こんどのニチヨーもカイシャにきたい」

「ちがうぞ、メグ。なにか勘違いしているぞ」

広川はこまりながら、愉快でたまらないという顔だ。

そのとき突然、けたたましい音楽が流れた。プリキャラの歌の前奏だ。

「もしもし、高城でございますが」

高城の母親は武藤達からやや離れ、ケータイを耳にあてていた。

「じゃ、トーチャン、そろそろいってくるな」

「どこに？」

「これからリレーにでるんだ。おまえ、リレーってわかるか」

「わかるわよ、バカにしないで。ヨーチエンのウンドーカイでやったの、トーチャンみてたでしょ」

「そうだった。ごめん、ごめん」

「リレーってかけっこがじょうずなひとじゃないと、でちゃいけないのよ」

「トーチャン、かけっこじょうずなの、おまえ、知らないのか。高校んとき、陸上部だったんだからな。横川町のチーターって呼ばれていたんだぞ」

またチーターか。それって渡辺さんとかぶってますよ、と武藤は言いたくなった。だけどどこだ、横川町って。

「ほんとにぃ？」

「ほんとさ。見てろよ、トーチャンの走り」

「あ、ちょっとお待ちになって」高城の母親が広川にケータイをさしだした。「奥さんからよ」

「は？　どうしてうちのヤツがあなたのケータイに？」

「あたしの気づかないうちに、だれかさんがそれをつかって、ママに電話したみたい」

だれかさんがだれであるか、はっきりしている。広川の娘が小さな舌をだしていた。

「なんだ、どうした？　うん。うまいことやってるさ。ほんとだよ。おれのケータイ？　ああ、電池が午前中に切れちゃってたんだ。それでつながらなかったんだろ。すまんすまん。うん。こっちにくる？　なんでだ？」

「これから第一走者の名前を言っていきますので、こちらから順に並んでいってください。よろしくお願いします。第一コース、赤組、物流部の」

ハンドスピーカーをつかい、入場門の裏手に集まったリレーの出場者にむかい、西本がテキパキと指示をだしている。

「はい、つぎ、第二走者の方、並んでいただきます。第一コース、赤組、人事課の千葉課長」

「はいっ」返事をして千葉が躍りでてきた。

「第二コース、白組、生産部、弓削さん」

「はいよぉお」

弓削はいまだパンツ一丁、もう彼が服を着ていた姿が思いだせないくらいである。雨が降りだしたいま、もっとも適した格好だ。そのあとを武藤は追い、「弓削っ」と右肩を叩いた。

「え、ああ。武藤さんもでるんですか、リレー？」

「渡辺の代理でね」

「そういや亘鍋さん、騎馬戦で足挫いてましたからね」

ワタナベちがいだが、いちいち説明をするのもわずらわしいし、まちがってはいないので訂正せずにおいた。

「武藤さん、足、早いんですか」

「黒部のジャガーって異名をとっていたことがある」

「へぇ」

「だけど第四コースのアンカーだったんだ。アンカーとなるといまいち自信なくてさ。なんだったらかわってくれないか」

「いいですよ。むしろ願ったり叶ったりです。やっぱ、こういうとき、主役はアンカーじゃないと」

「主役ってなんの？」思わず訊いてしまう。

「決まってるじゃないですか。自分の人生のですよ」

弓削はにっこり微笑んだ。幸せなヤツである。

武藤は千葉の横に立った。妙に顔が青い。デスラー総統のときの顔料が、まだきれいに落ちていないからだ。そして武藤はカツラをちらっと見た。わたしはカツラですと世間に公表しているとしか思えないくらい、不自然なカツラだ。ワザと？　そう疑いたくもなる。しかしワザとやったところで、千葉自身に得があるとは思えない。

はたして走っている最中に、このカツラを剝ぎ取ることができるのか。武藤は心配になってきた。さすがに会社のみんなも引くかもしれないぞ。それに。

二人三脚のときの千葉の表情を思いだした。そして自分が思わず声援を送ってしまったことも。

だんだんと気持ちが揺らいでくる。

「そこは弓削くんのはずだが」

千葉に声をかけられ、武藤はびくりとしてしまった。

「ちょっとかわってもらいまして」

「きみ、走りには自信があるのか」

「ああ、はいはい。黒部のジャガーと呼ばれた時期も」

「わたしは三多摩のコンドルだ。中学時代、都の陸上競技大会にでて、短距離走で好成績をだしたことがある」

ほんとかよ。ほんとだとしても中学時代ってどんだけ昔だよ。

「さっき、二人三脚のとき、わたしにがんばれと言ったのはきみか」

なぜ、詰問調？　そう思いながら隠してもしようがないと、「そうですけど」と答えた。

「あの声に驚いて転んでしまったんだ」

え？　えぇぇええ？

「渡辺くんを怪我させたのは、きみだからな。ほんとにきみは碌なことをしない」

あったまきた。ぜったいカツラとってやる。

「大粒になってきちゃったなぁ」

だれかがぼやくように言う。これでは閉会式は中止にしたほうがいいかもしれない。すでにリレーの出場者は入場門をくぐっている。スピーカーから流れてくるのは、クイーンの『ウィ・ウィル・ロック・ユー』だ。これを流せばぜったい盛りあがるから、と選曲したのは武藤である。

できれば応援席にいるひとにには、この曲にあわせて手拍子をしてほしいところだったが、雨のおかげでそうはいかなかった。ほとんどが傘をさしているので、手がふさがっているのだ。どんなに晴れていても雨具はご準備くださいと金曜日のうちに社内メールをしたのが、功を奏したようだ。

それでも喚声は高まるばかりである。

出場者の列がスタート地点の脇まで辿りつく。『ウィ・ウィル・ロック・ユー』がおわり、『ウィ・アー・ザ・チャンピオンズ』がはじまっている。

ん？　武藤は我が耳を疑った。千葉がスピーカーから流れる曲にあわせて、『ウィ・アー・ザ・チャンピオンズ』を唄っているのだ。しかも小声ではあるが、流暢な英語でだ。それどころかフレディ・マーキュリーにそっくりだ。

「それでは第一走者の方、コースに入ってくださぁああい」

西本がハンドスピーカーで誘導している。

千葉はまだ『ウィ・アー・ザ・チャンピオンズ』を唄いつづけている。

ノリノリだぞ。しかもマジでうまいじゃん。

サビの部分を唄いつつ、千葉は両手で頬を叩きだした。雨のせいで、ぴしゃぴしゃ音がする。

おれはこのひとが嫌いだ。だけどおれは、このひとのことをどれだけ知っているというのだろう。三多摩のコンドルだってことも、フレディ・マーキュリーそっくりに唄えるってことも知らなかった。

武藤はあたりを見まわす。

一日の大半を会社で過ごしているのに、会社のみんなひとりひとりのことをわかっているようで、わかっていない。寮で暮らしているやつらのこともだ。

それでもかまわないとは思う。だが、それではさびしいとも思う。みんなはどう思っているんだろう。

今日の運動会でわかりあえるはずなどない。だがそのきっかけになるかもしれない。

わかりあえたらなにが起こるのだろう。

仕事が捗る？　実績があがる？　新しいヒット商品がうまれる？

そんなうまいこといくものか、と思っていた。

でも、ないことではないかも、といまは思う。

「武藤さん、コースに入ってください」

西本の声に武藤は我に返った。第一走者はスタート済だ。となりで千葉が頭を、正確にはカツラを両手でいじっている。ずれを直しているのかもしれない。そう思って見ていると、彼は驚くべき行為にでた。

「わっ」武藤は声をあげてしまった。自分ひとりではなかった。まわりからも「うわあ」「マジで」「嘘っ」と声がする。

「千葉さん、とっちゃっていいんですか」

突然のことに思わず言ってしまったのだろう。ハンドスピーカーに口をつけたまま、西本が言った。その声はグラウンドに響いた。

「ああ。これ、雨に弱いんだ。悪いが西本くん、だれかにテントの下へ持っていかせてくれないかね」

千葉の手にはカツラがあった。

第一走者達がこちらにむかってくる。

やべっ。心臓がバクバクしてきたぞ。

千葉のほうを見る。その容貌はふだんとはちがい、えらく精悍《せいかん》に見えた。三多摩のコンドルは嘘ではないかもしれない。

負けてなるものか。

千葉がバトンを受け取った。

「おさきにっ」

嘲《あざけ》るように武藤に言い、走っていく。

こぉのぉぉお。

第一走者からバトンを受け取った。千葉の背中を目がけて、武藤はダッシュした。雨の勢いがさらに増している。

　フレフレ赤組。
　フレフレ白組。
　赤白どっちもがんばって。

　みんな、がんばれ。
　みんなみんな、がんばれ。

カレシは今日、高尾山

終点の高尾山口駅で降りてすぐ、千葉登《ちばのぼる》はコートのポケットからスマートフォンを取りだした。ホームを歩きながら、時刻をたしかめる。約束の八時半まで、十分以上あった。

ちょっと早かったな。

しかし一本遅い電車だとギリギリだった。一分でも遅刻しようものなら、千葉課長になにを言われるか、わかったものではない。

登は去年の四月、カキツバタ文具に入社し、じきに八ヶ月と半月が経つ。総務部人事課に配属になり、千葉課長は直属の上司なのだ。

ラインにメッセージが一通、届いている。

亜美《あみ》だな。

三歳年下で、大学生のカノジョだ。むこうからコクられ、つきあって丸二年になる。ふたりでクリスマスを迎えるのは今度で三度目だ。

ホームはけっこうな混み具合である。登はひとの邪魔にならないよう、自販機の横に張り付くようにして、スマートフォンの画面をタッチした。

ちがった。

亜美ではなかった。おなじ人事課のひと達とのラインだった。登を含めて四人だ。ただし上司の千葉課長は入っていない。というか、ないしょにしている。メッセージを送ってきたのは十歳年上の先輩だった。

なんだろ。遅刻するとかかな。

今日はこれから人事課みんなで高尾山にのぼる。言いだしっぺは千葉課長だ。最初は体育の日の予定が、幾人かの都合で駄目になり、文化の日にいくはずだった。ところがこの日は雨で、勤労感謝の日に延期したものの、千葉課長がその前日に生牡蠣にあたり、これまたお流れになってしまった。そして年の瀬も押し迫った十二月第二土曜の今日、ようやく実施されることになったのだ。

『きみという尊き犠牲は無駄にしない』

はぁ？

いきなりなにを言っているのだ、このひとは。

そう思っていると、他のふたりからのメッセージがつづけざまにアップされた。

『骨は拾ってやる。俺達を恨まないでくれ』『おまえはいいヤツだった。一生、忘れない』

おいおい。どういうことなんだ、これは。

『なに言ってるんですか、みなさん』

登のメッセージにだれも反応をしない。既読にもかかわらずだ。気になる。ふたたびメッセージを打とうとして、登は指を止めた。

集合場所へいけば、みんないるはずだぞ。もしかしたら。

登は嫌な予感がした。

自分でも気づかないうちに、千葉課長を怒らすようなヘマをしでかし、それを暗に知らせるために、こんなメッセージをみんなで送ってきたのかもしれない。

元から気が重かったのが、さらに重くなる。できればこのまま逃げだしたいくらいだ。だがそうはいかない。覚悟を決め、登はスマートフォンを元に戻し、ホームを歩きだす。

今日は快晴だ。絶好の行楽日和と言っていいだろう。ホームから見える空は青かった。青過ぎる。どこか嘘くさい青さだ。筆で描いたような雲がぽつりぽつりとあるところがさらにそう思わせた。


「登くんっ」

背後から聞こえる甲高い声に、登はぎょっとした。下の名前を、それもくん付けで呼ばれるのは、ひさしぶりだからだ。高校の頃のカノジョがそうだった。亜美はちがう。千葉さんと呼ぶ。大学時代からの交際で、サークルの後輩だったせいだ。

「こっちだ、こっち。登くんっ」

登はふりむいた。どでかい天狗のお面が目に入る。だからといって天狗が呼んでいるわけではない。その下に声の主がいた。

「登くんっ」

千葉課長？　そうだ。間違いない。

ふだんは「きみ」か、「千葉」と名字を呼び捨てだ。どうして今日に限って、「登くん」なのだ。

「早くこっちぃ、きたまえ。早く、早く」

なにを急ぐことがあるのだろう。

しかし上司の言葉には逆らえない。なにせ登が生まれる前から、カキツバタ文具で働いているのだ。小走りで千葉課長の許へむかう。

背広にネクタイではない上司を見るのはこれが二度目だ。はじめて見たのは社内運動会で、スポーツウェアを着ていた。まるで似合っていなかった。

今日は頭のてっぺんから爪先まで、ばっちり登山用のスタイルで決めていた。標高599メートルの山をのぼるにしてはあまりに完全装備だ。これまた全然、似合っていないときている。

背広にネクタイだって、似合っているわけではない。いずれの服を着ていても、ちょっとコントっぽく見えるのは、カツラのせいかもしれない。なにしろ千葉課長は、カツラにしか見えないカツラをしていた。そして一年に一度、社内運動会のラスト、赤白対抗リレーで走るときだけ、そのカツラを取る。どうしてかはよくわからない。

そう言えば、もう一回、背広とネクタイではない千葉課長を見ていた。やはり社内運動会でだった。仮装綱引きで、彼はねずみ男に仮装していた。『ゲゲゲの鬼太郎』にでてくるアイツである。

あれがいちばん似合っていたな。なんかキャラもそっくりだし。

「おはようございます」

は？

「おはよう」ねずみ男、ではない、千葉課長は鷹揚に答えた。「では早速いこうか」

「ま、待ってください、課長」

さっさと歩きだす上司を、登は慌てて追いかけ、その隣につく。そのときにはもう、外へでたところだった。駅ぜんたいに足場が組まれている。『駅改良工事実施中』の文字が、目の端っこに見えた。

「おっと、そうだ。すまんが登くん」

また「登くん」だ。背中に寒気がする。

今日は一日、「登くん」で通すつもりなのか。

我慢できるか、俺。

「これ、お願いできんか」

千葉課長はリュックサックの他に、もうひとつ荷物があった。革製らしきケースをカートに括りつけ、ガラガラと引きずっていたのだ。その持ち手を登に渡そうとしている。「お願い」とは、つまりこれをおまえが引きずれということだ。

「あ、はい」

登は素直に引き受けた。そう重いモノではない。はたしてなにが入っているのだろう。気にはなる。でもそれより先に訊くべきことがあった。

「他のひと達は？　待っていなくていいんですか」

「急用ができて、こられなくなった」

「お三方ともですか。だって昨日、帰り際にはみなさん、いけるって」

「昨夜に立てつづけに電話があってね」

子どもが急に熱をだした、田舎から突然、両親がでてきてしまい、この土日は東京案内をすることになった、飼い犬が行方不明になったので、探さねばならない、と理由は三者三様だった。

「ほんとですか」

登は思わず言ってしまう。『尊き犠牲』、『俺達を恨まないでくれ』、『おまえはいいヤツ』。さきほどのメッセージが頭の中でぐるぐるまわる。

なんてこった。三人で申し合わせて、ドタキャンをしたのか。

「どうして嘘をつく必要がある？」

鋭い口調で、千葉課長が聞き返してきた。帽子の縁の下から睨んでもいる。帽子はいわゆるチロリアンハットで、登はなるべく、その脇に付いた羽飾りを見るように努めた。そうしないと、どうしても課長の額、それも生え際に目がいってしまう。

なぜこのひとは、こうもはっきりとカツラとわかるカツラをしているんだろ。

「いえ、あの」

あなたと高尾山にのぼりたくないからでは、ありませんか。

とは言えない。言えるはずがない。

「みんながみんな、昨日の夜、いっぺんに急用ができるなんて、ちょっと信じられなくて」

高尾山が富士山だろうが、エベレストだろうが、事情は変わるまい。山に限らず海や湖、公園や遊園地、どこだっていっしょだ。社内一の嫌われ者とわざわざ休日にでかけるなんて、だれもしたくないのだ。

でもドタキャンはないでしょ、ドタキャンは。しかもいちばん年下の俺を生け贄にするなんて。酷い。あんまりだ。

「珍しいケースではある。でもないことはない。私自身、こうした経験が以前にもあった。十六、七年ほど昔に、会社の有志十人ばかりで、やはり高尾山にのぼることにしてな。そのときも今日とおなじように、ほとんどみんな、都合が悪くなってしまって」

昔から嫌われていたんだな、このひとは。

「結局、四人しか集まらなかった。それでものぼったがな」

三人もつきあってくれたのか。羨ましい。今日は俺ひとり。千葉課長と一対一。逃げ場がない。

千葉課長と並んで歩く舗道は幅が狭い。緩やかな傾斜になっているが、ここはまだ登山コースではない。両脇には食事処やお土産屋の他に、ふつうの民家もあった。

それにしても冬の肌寒い時期にもかかわらず、思った以上の人出だ。そこかしこから笑い声が聞こえた。みんな一様に楽しそうである。

せっかくの休日、なにが哀しくて、嫌いな上司とふたりきりで、ハイキングをしなくちゃならないんだ。

やがて三角屋根の建物が見えてきた。ケーブルカーとエコーリフトの乗り場だ。これらに乗れば中腹にある展望台までほんの五、六分らしい。だが千葉課長の方針で、今日の登山はすべて「歩き」である。

「さっき、私のことを課長と呼んでいたな」

「え、あ、はい」

「今日の私は課長ではない」

だったらなんなのだ。

「我々はこれから山頂を目指す同志だ。会社の上下関係はこの際、ナシとしよう。それと会社や仕事の話は御法度《ごはっと》だ。いいかね？」

「わかりました」

上下関係はナシと言うわりには、いつもと変わらぬ命令口調だが、気にしないでおこう。

「そこでだ。私のことを茂《しげる》くんと呼んでくれ」

「嫌です」

やべ。

心の声を口にだしてしまった。あまりに嫌すぎたせいである。それでも会社で働いていれば、こんなことはない。自然の中で、気が緩んでいたのだ。

叱られる前に謝っちゃお。

ところがだ。

「いいぞ。じつにいい。うん、その調子だ」

千葉課長が言った。なんだか妙な顔になっている。痒いところが掻けなくて困っているみたいだ。いや、ちがう。そうではない。これは笑顔だ。登に微笑みかけているのだ。キモッ。

「そうやって思ったことはポンポン言いたまえ」

「え、ええ」

「さすがに茂くんは抵抗があるか。茂さんはどうだ」

「それもちょっと」

「だったらどうだ。なにかあだ名をつけてくれ」

「あだ名ですか」

「難しく考えることはない。なんでもいい。ぱっと思いついたのを言いたまえ」

カツラヅラ夫。危うく言いかけ、登はぐびっと飲み込んだ。いくらなんでもこれはまずいだろう。

「どうした。ほら。早く。なにかないのか」

そう急かされても困る。それにカツラヅラ夫がなかなか頭から離れなかった。いっそ、言ってしまおうか。

「よし。では私が決めよう」

「ぜひ」

「ソートーはどうだ」

千葉課長は即座に答える。はじめから決めていたのかも。たぶん、そうだ。しかしソートーがなにか、登にはわからなかった。それが顔にでたらしい。

「デスラーソートーのソートーだよ」

「はあ」いよいよもってわからない。

「『宇宙戦艦ヤマト』のデスラーソートーだ。知らんのかね？」

「それって金髪で顔が青い？」

「そうそう」

デスラー総統か。

三年前の社内運動会で仮装ムカデ競走の際、千葉課長が扮したアニメのキャラクターである。いつだったか、八王子の独身寮で開催される呑み会で、総務部庶務課の武藤《むとう》に、写真を見せてもらったことがあった。彼のスマートフォンに保存されていたのだ。

なぜ課長がカツラの上に金髪のカツラを被り、顔を青く塗っているのか、登にはわからなかった。武藤に訊ねたところ、デスラー総統だと教えてもらった。

八王子の独身寮は、未婚でも二十代後半、三十歳近くになると自然にでていく。ところが四十歳を過ぎた武藤はいまだ暮らしており、さらには自ら幹事をつとめ、毎月第三土曜日には食堂で交流会と称し、呑み会を開いているのだ。

登はこの呑み会に、毎月参加していた。入社以来ずっとだ。荻窪の自宅からわざわざ八王子くんだりまでいくのは、工場で働く同期はもちろんのこと、社内のさまざまなひと達に会うことができるからだ。なにせ朝までどんちゃん騒ぎである。武藤は毎月、奇抜な格好で登場し、その場を盛りあげた。

先月なんか、ふなっしーだったもんな。

ふなっしーそっくりの着ぐるみを、つくってしまったのだから恐れ入る。しかしさすがに武藤ひとりではない。営業二課の高城輝《たかぎあきら》とその母が手伝ったのだという。高城の母が武藤をお気に入りで、できれば娘と結婚させたいと考えているのだが、本人同士はそのつもりはないらしい。

この話は品質保証部の西本雅司《にしもとまさし》から聞いた。四年先輩の彼もまた自宅通勤なのだが、独身寮の呑み会にはかかさず顔をだした。独身でもない。昨年、社内結婚をしている。相手は営業一課の岸谷小夜《きしたにさや》だ。ふたり揃って、独身寮の呑み会にあらわれることもあった。そのときは決まって、おはぎを持ってくる。呑み会に参加していても、酒が吞めないひともいるので、なかなか好評だった。中にはおはぎをツマミに酒を呑むひともいた。

この呑み会に参加していることは、千葉課長には秘密だ。彼は武藤を目の敵にしていた。その名前がでただけで機嫌が悪くなるくらいだった。

「わかりました。ではソートーで」

「もっと重々しく言ってくれないか。いまの言い方だとカタカナで言っているみたいに聞こえる。莫迦《ばか》にされているようで不愉快だ」

「総統」

「よろしい」

メンドくせっ。

登はげんなりしてきた。だがここで音をあげるわけにもいかない。

三角屋根を左手に見ながら、それまでのとはちがう、幅広な舗道へむかった。ここからが一号路と言い、もっともメインな登山コースだ。頂上まで二時間もあれば辿り着くらしい。ネットで調べた情報だ。下山には一時間半。ところどころ休憩を挟むとして、最短でもあと五時間から六時間は、千葉課長とふたりきりで過ごさなくてはいけない。

あぁあぁあ。

そう歳の変わらぬ若いカップルが、腕を組んで横を通り過ぎていく。登にはそれが羨ましいというか、恨めしいとすら思えた。

俺だって大学生のカノジョ、いるんだからな。好きこのんで、こんなオッサンといっしょにいるわけじゃないんだぞ。

亜美は今日、アルバイトだ。阿佐ヶ谷にあるこじゃれたカフェで働いている。『明日は正午に入ります』と昨夜、ラインで知らせてきた。何時にあがるのか、登が訊ねると、こう返事がきた。

『夜の六時です。千葉さんはどう？　そのあとウチにくる元気、ありますか』

とりあえず下山したら連絡するとだけ答えておいた。

今日のことを亜美に伝えたのは十日前、ラインではなく直接、会ってだった。

その日は昼から十歳年上の先輩と八王子の工場へいき、直帰をしてよいことになったので、亜美に連絡をして、吉祥寺で落ち合ったのだ。そして予《かね》てからふたりでいきたいと話していた、井の頭公園手前の焼鳥屋で食事をした。

変な会社ね、千葉さんの会社って。運動会やったり、独身寮で呑み会を開いたり、野球やフットサルの試合をしたり、それでなに、今度は高尾山にハイキング？

野球とフットサルは社内にチームがあるのだ。登はふたつとも所属していた。どちらのチームも、トーキョーハンズや文具問屋などの取引先だけでなく、あちこちで対戦相手を見つけては、多いときには月に三度は試合をしている。

楽しそうでいいわよね。だけどそんなに遊んでばっかで、仕事、してる暇あるの？

亜美は呆れ顔だった。そんな表情も登にはかわいく見えた。


「どうだ。いい眺めだろ」

千葉課長の言うとおりだ。八王子市内を眼下に見下ろせるばかりではなく、遠くは新宿の高層ビル群も確認することができる。しかしなにもそう自慢げに言わなくてもいい。あんたのおかげで、眺めがいいわけじゃないでしょ。

思ったことをポンポン言えと言われている。しかし登は「そうですね」とそつなく答えておいた。

高尾山口駅から歩いて三十分近くは経っているだろう。いまふたりは高尾山中腹の展望台にいた。間近にはケーブルカーの駅がある。一休みしようという千葉課長の提案に、登はおとなしく従った。

さほど疲れてはいない。だがからだはだいぶ暖まっている。吹く風は少し寒いものの、それが却って心地いいくらいである。一応、携帯のカイロを持参してきていたが、まだまだ必要なさそうだ。

ここまでのぼってくるあいだ、千葉課長があれこれ訊ねてきた。「休日はなにをしている?」からはじまり、好きな食べ物や芸能人といったことから、「趣味はなんだ?」「給料はなにに使うのが多い?」「なにか資格を持っているのか」「学生時代の部活は?」「スポーツはなにが得意だ?」などなど、プライベートなことについてが主だった。

登はひとつひとつ、きちんと答えた。ところが千葉課長は「そうか」「ふぅん」「なるほど」と反応が薄く、すぐつぎの質問に移ってしまう。これでは会話とは言い難い。面接か、あるいは訊問でしかない。

八王子市街を背にして、千葉課長はリュックサックの中から、棒を取りだした。杖だろうか。それにしては細いし短い。しかもその先っぽに横長の鉄板が付いている。

「登くん、記念写真を撮るぞ」

「ふたりでですか」

「他にだれがいる」

それはそうだが。

課長は自分のスマートフォンを取りだし、先っぽの板にあてがっている。サイズはピッタリだ。そしてその両脇を、太いゴム紐で固定させた。それがすむと、今度は棒を伸ばした。もとから伸縮自在のものだったようだ。

自撮り棒か。

「なにをぼんやりしているんだ、登くん、私の隣にきなさい」

言われた通りにするよりほかない。千葉課長はスマートフォンをいじくっている。間近で見ると、自撮り棒は、市販のモノとだいぶ趣がちがっていた。なにしろ鉄板と棒の先がハンダでくっつけてあるのだ。

手作り?

「これでよし、と」千葉課長は右手に棒を持つと、スマートフォンが付いた先っぽを斜め上にむけた。どうやらスマートフォンを遠隔操作することはできず、タイマーで撮影するらしい。「もっとこっちに寄らなきゃフレームに入らんぞ」

千葉課長が左腕を登の肩に回してきた。こうなったら自棄《やけ》だ。登は右腕を課長の肩にかけた。

ぱしゃり。シャッター音が聞こえてくる。

いい味だしてるなぁ、ヅラ夫さん。

登の耳の奥で、亜美の声が甦ってきた。

ふたりでいるとき、亜美は会社について訊きたがった。いちばん多い質問は千葉課長についてだ。じつを言えば、カツラヅラ夫は亜美がつけたあだ名だった。最近、ヅラ夫さんはどうしている？　という具合に訊ねてくる。

千葉課長の話はテッパンだ。どんなエピソードでも、亜美は腹を抱えて笑い、最後には決まって、先の台詞を言う。

ヅラ夫さんのあの話、もう一回、訊かせてとせがんでくることもあった。社内運動会でリレー前にカツラを外すところは、何度となく話していた。

やはり社内運動会で、登がねずみ男姿の課長をスマートフォンで盗撮し、亜美へ送信したところ、いたく気に入ってもらえた。いまも亜美はこの写真を、自分のスマートフォンの待受画面に使っているほどである。大学の友達にもウケがよく、欲しがるひともいるという。

亜美が機嫌を損ねたり、落ち込んでいたりしているときは、今日、ヅラ夫がさぁ、と千葉課長の話をすればたちまち元気になった。しまいにはこんなことを言いだす始末だ。

ヅラ夫さんって、ほんとはイイひとなんじゃない？

その度に登は、それはぜったいない、と真っ向から否定した。にもかかわらず、亜美はとんでもないことを提案してきた。

おんなじ千葉どうしなんだから、なかよくしたらどうです？　シゲルとノボル、名前まで似ているし。チバ☆ブラザーズっていうの、よくないですか？　チバとブラザーズのあいだには星印をいれるんです。かっこいいでしょ。

かっこよくない。

カキツバタ文具には、ワタナベ一族がいた。漢字は違うが読み方がワタナベ四人のグループだ。四年前の社内運動会をきっかけに交流を深め、月に一度はワタナベの会と称して呑み会を開いているらしい。温泉旅行にまででかけているというのだから驚きだ。

社内運動会は毎年秋におこなわれており、登は昨年、はじめて参加した。そのときワタナベ達の仲のよさを目の当たりにしている。年齢も部署もバラバラなのに（そのうちひとりは女性だ）、四人で朝いちばんから車座になってビールを呑みはじめ、昼前にはすっかりできあがってしまい、肩を組んで声高らかに唄っていた。

♪ワタナベェエエエ、
ワタナベェエエエ、
われらぁはワタナベェエエエ
閉じ蓋にぃワタナベェエ♪

なんだよ、閉じ蓋にワタナベって。

その歌を聞きながら、登は思ったものだ。しかしワタナベ四人は声をあげて笑っていた。とても楽しそうだった。

おなじワタナベというだけで、どうしてそこまで仲よくできるものなのか、さっぱりわからない。ちょっと羨ましい気もした。しかしおなじ千葉であっても、千葉課長となかよくなる気は起こらない。

ともかく、いまや登と亜美のあいだで、千葉課長はなくてはならない存在になりつつある。今日、こうして課長とふたりで高尾山をハイキングしているのも、亜美をよろこばせるためだと思えばいい。

「十五年、いや、もう少し前だったな。細い隙間や管の奥、背の届かない高いところにあるモノなどを、携帯電話で撮影するのに、こんなのがあったら便利だろうと思ってね。いや、ほんとは私ではなくて、女房の案なんだが」

このひとにも家族があるんだったな。

奥さんは元看護師で、八王子の工場に程近い病院に勤めていたのだという。息子は小学六年生だったか。本人から聞いたのではない。これもまた武藤が教えてくれたのだ。つづけて彼はこうも言った。

社内運動会にお連れしたらどうですかって言ったらさ。仕事とプライベートはきっちり分けたいとかぬかすの。そんなのただの言い訳だよな。ぜったい家族に嫌われてるんだぜ、あのオッサン。

「文具とは言えないが、会社に企画をだしてね」

カキツバタ文具では、バイトやパートまで含めて社内のだれもから、商品の企画を常時、募集している。創業以来ずっとだ。

「これはそのときの試作品。私が自分でつくったんだ。スマホ用に昨日の晩、手直ししたけどな」

「よくできていますね」

「だろ？」

千葉課長は両手に持つその棒を愛おしげに見つめた。ふたりは展望台がある広場からでて、ふたたび一号路を歩いている。

「賛成意見もけっこうあったんだぞ。しかし商品企画開発部の矢波《やなみ》っていう同期の女に、さんざん反対されて、ボツになっちまった」

「その方って、商品管理部のワタナベさんの奥さん？」

「ああ、そうだ。よく知っているな」

「『絶対安全カッター』や『エコエコボンド』、それに『ピッタンコペッタンコ』をつくりだした方ですよね」

その事実を知ったのもまた、社内運動会の最中だった。運動会実行委員だった登に、「今年こそは矢波さん、くるのかな」とか「夏海《なつみ》のヤツがくるって噂、聞いたんだけど」とか「夏海さん、何時くらいに到着するの？」とか、さまざまなひと達が訊ねてきたのである。

しまいには社長にまで「夏海くんはだれが迎えにいくのかね」と言われてしまった。

そしてとうとう登は、実行委員長の武藤に矢波夏海なる人物が何者か、訊ねたのである。

「もし会社に残っていれば、いまごろ、商品企画開発部の部長どころか、役員にまでなっていた」かもしれないそうですね、と登は言葉をつづけるつもりが、できなかった。

「莫迦を言え」

千葉課長の表情が変わった。それまでの明るさが一気に消え失せ、会社にいるときとおなじ顔になっている。しかも機嫌の悪さを少しも隠そうとせずに、険《けん》のある物言いで、話をつづけた。

「我が社の商品は、矢波夏海が企画したものが多い。でも要するにそれは、彼女がアイデアをだしたというだけに過ぎん。実際にカタチにしたうえで、商品として売りだしたのは、社員みんなの力だ。矢波夏海ひとりが偉いわけではない。そう考えるべきだと私は思うがね。どうだ？」

「え、ええ。まあ」

登は同意したわけではない。千葉課長の勢いにおされて、頷いてしまっただけだった。

「百歩、いや、千歩、いやいや、一万歩譲って、矢波夏海のアイデアは優れていたかもしれん。しかしだからといって、出世できたかどうかは別問題だ。あんなに手前勝手な女はいなかったぞ。アイツの辞書には協調性という文字がなかった。なにしろ自分に反対するものがいれば、社長だろうが上司だろうが容赦しなかった」

そのおかげでヒット商品が生まれたのだ。ならば社長や上司などの間違いを正すために闘ったと、考えるべきではないか。

とは思うものの、これまた口にだして言う気はない。火に油を注ぐようなものである。

「ほんとにいけ好かない女だった」

千葉課長の鼻息が荒い。いったい何年前の話をしているのだろう。矢波夏海が辞めたのは十五年も前のはずだ。つまりそれ以前のことにちがいない。そんな大昔のことを思いだして、怒ったところで、なんの意味があるというのだろう。

「あんなヤツが出世できるもんか。管理職などぜったい無理だ。会社とはそう甘いところではない。その点、私は偉い。同期でいちばんに課長に昇進したんだぞ」

はいはい、知ってます。

「どうしてだと思うかね？　会社が私を必要としたからだ」

はいはい、それも前、聞きました。

説教でもなんでも、結局は自分の自慢話になっていく。これも千葉課長にはよくあることだった。

「すまん」

え？

登は千葉課長の顔をマジマジと見てしまった。できるだけ生え際に目がいかないよう、注意しながらである。

いまこのひと、謝った？

「申し訳ない」

やっぱり、謝っている。しかも今度は足をとめ、チロリアンハットを取り、深々と頭をさげたのだ。

いったいどうしたというのだ。天狗にでも術をかけられたのか。

「自分で会社や仕事の話は御法度と言っていたのに。悪かった。許してくれ」そしてようやく千葉課長は頭をあげた。「会社の話を振ってきたきみも悪いのだが」

「すみません」

結局、俺のせいかよ。まあ、いいや。このほうが千葉課長らしい。

その後、千葉課長が作った自撮り棒は、頂上までのあいだ、随所で活躍した。五十匹だかの猿が暮らすさる園や、樹齢四百五十年、高さが四十メートル以上、根っこが蛸の足に似たたこ杉、さらには数々の門や祠などの前でふたり並び、自撮り棒を使い、写真におさまっていったのだ。

「登くん。今度はこの天狗の前で撮ろう」

薬王院に入ってからだ。大きな門の柱の中に天狗の像を見つけると、千葉課長は早速、自撮り棒を準備した。数を重ねたので、だいぶ手慣れてきて、そう時間がかからない。登も素早く彼の隣につく。

まさか俺、テンション、あがってる?

少なくとも嫌ではない。登くんと呼ばれるのにもはや抵抗はなかった。総統とはあまり呼んでいないが。

「天狗を入れるには、下から煽って撮ったほうがいいな」千葉課長は自撮り棒の先を下にむけ、スマートフォンを地面すれすれにした。「ハイ、チーズ」

ぱしゃり。

千葉課長の思惑通りに撮ることができていた。ふたりのあいだに、天狗が睨みをきかせている。撮った直後、課長はその写真を登のスマートフォンに送ってくれた。いままでのもすべてそうだ。二十枚は軽く超えているだろう。

それから本堂でお参りをして、石でできた大きな輪っかをくぐり抜けた。ちょうどひとがひとり、通れるほどの大きさで、願いを念じながらくぐれば叶うという。とりあえず登は亜美との幸せを願った。

「痛っ」

背後で千葉課長が言うのが聞こえる。ふりむくと、課長は額を右手でおさえながら、ことさらに頭を低くして、輪っかをくぐっていた。

「どうしました?」

「輪っかの上に、額をぶつけてね。いやあ、痛かった」

「だいじょうぶですか」

「なに、たいしたこっちゃない」千葉課長は右手の指先をぺろりと舐めると、額に擦りつけた。「こうしておけば治る」

「そんなはずないでしょう」

登は思わず笑ってしまった。千葉課長もだ。痒みを堪《こら》えているようなぎこちない笑顔になっていた。

やばい。心、和んじゃってるじゃん、俺。

「登くんはカノジョはいるのかね」

薬王院を抜け、しばらくしてからだった。プライベートな質問のつづきだ。しかし千葉課長が「カノジョ」などと言うのは不自然極まりなかった。

「え、ええ。一応」

いま歩いている山道は舗装されておらず、しかも木の幹を横に埋めた階段のせいで、カートが引けない。そこでまずはカートをケースから外して、小さく畳み、千葉課長のリュックサックに縛りつける。つぎに千葉課長がリュックサックからショルダーベルトをだし、ケースに取りつけた。これを登がたすきにかけた。けっこうな重さだ。これまでの疲れもあるので、正直、口をきくのはきつい。

「かわいいかね、その子」

「それは、ええ」

「写真は？　スマホに保存してないのか？　してるだろ。見せなさい」

強引だな。しかし断る理由もないので、見せることにした。

「そこそこだな」

ひとのカノジョをつかまえて、そりゃないだろ。

「結婚するのか、この子と」

「そこまでは考えていません。カノジョ、大学のときの後輩なんですが、まだ学生ですし」

登自身はできれば将来、結婚したいと考えている。ただ亜美の前で口にしたことはまだない。もしもそんな話をしようものなら、引かれるのではないかと心配だからだ。

「きみは二十三だもんな。そう急ぐことはないか。かくいう私なんて結婚したのは三十四だった」

「奥さん、元看護師なんですよね」

「だれから聞いた？」

庶務課の武藤さんと言いかけ、登は空咳をした。千葉課長は武藤が嫌いなのだ。せっかくの上機嫌を損ねたくない。さきほどのように怒りだされても困る。

「たぶん人事課のだれかだったような」

「ほんとかね」

千葉課長は疑いの眼をむけている。これは話を逸らしたほうがいい。

「奥さんとはどこで知り合ったのですか」

「ここだ」

「ここって」登はあたりを見回す。

「駅で話しただろ。十六、七年も前、会社の有志十人でのぼるはずが、私を含め四人しか集まらなかったって。その四人のうち、社員は私と林さんという男性だけだった」

林さん？

「男ふたりじゃ、つまらない、俺のカノジョを呼ぼうって、林さんが言いだしてね。そのカノジョは、ほら、八王子の工場の近くに、おっきな病院があるだろ。そこの看護師さんで、林さんが電話をしたら、一時間もしないうちにきたんだ。しかも林さんのカノジョは、おなじ病院の看護師仲間をひとり連れてきた」

「その方が課長の奥さんですか」

千葉課長はこくりと頷いてから、「総統だぞ」と言った。「結婚したのは、それからしばらく経ってからだが」

登はそれより林なる人物が気になった。カキツバタ文具にはいま、林というひとはいないのだ。やめたのだろうか。そのことを訊こうとしたときだ。

「ここからはカートが引けそうだぞ。ケースをおろしたまえ。山頂まであと少しだ。がんばろう」

嘘みたいに青い空を背景に、銀色の筒がくるくると何度も弧を描く。シェーカーだ。中には氷と酒、柑橘系のジュースなどが入っている。見上げているのは、登だけではない。高尾山の頂上に屯する登山者達もだ。落ちてきたシェーカーを千葉課長が見事にキャッチする。

「おぉおぉ」

喚声と共に拍手も沸き起こった。千葉課長はすました顔を保っているものの、口角がわずかにあがっていた。

登がカートで運んできた、というか、運ばされてきた革製らしきケースの中身は、シェーカーにジガー、酒のボトルにグラス、保冷バッグに詰め込んだ氷などだったのだ。

そして千葉課長は頂上に着くなり、広場の一角で、それらを用いて、カクテルをつくりだしたのである。それだけでもじゅうぶん、目を引く行為なのだが、さらにはシェーカーやボトルを曲芸師よろしく、振り回したり、飛ばしたりしながらだ。瞬く間にひとが集まり、課長の技に見入っていた。

だがそれもおわりを迎えようとしている。千葉課長はシェーカーの蓋を開くと、他のひと達がお弁当を広げているテーブルの片隅にふたつ並べたグラスに、できたばかりのカクテルを注いでいく。

「さあ、登くん」

「あ、はい」

登は立ったまま、グラスを手にした。なにしろひとが多く、ベンチはひとで埋まっている状態だったのだ。千葉課長もグラスを持ち、登に差しだし、こう言った。

「我らがカキツバタ文具の発展と栄光のために」

乾杯をしなくてはいけないのか。やれやれ。

登は自分のグラスを課長のグラスにあててから、一口呑んだ。

「うまいだろ」

訊くの早いよ。

「あ、はい」

カクテルなんて滅多に呑まないので、うまいかどうかは判断できない。しかし呑みやすいのはたしかだった。

「ミヨコ・デラックス」

「はい？」

「このカクテルの名前だ。ミヨコは私の女房なんだ」

どういう顔をしていいのかわからないので、登はミヨコ・デラックスを呑みつづけた。

「大学の頃、バーテンダーのバイトをしていたことがあるんだ。シェーカーその他は、そのバイト代で買ったものでね。これでも当時は三多摩でいちばんトム・クルーズに近い男と言われたものさ」

これまたどういう顔をしていいのやら。ミヨコ・デラックスは呑みおわっている。

そうだ、さっきのこと、訊いてみるか。

「林さんってひとのことですが」

「イイひとだったよ。私とは不思議と気があって」

それはたしかに不思議だ。

「地元の信用金庫に勤めていたんだが、林さんが二十代後半のときに、経営破綻しちゃってね。それを機に東京にでて、元から好きだった音楽で食ってこうとしたんだけど、うまくいかなくて、ウチの会社に中途で入って」

歳が近いということで、入社したばかりの林さんのことを、千葉課長があれこれ面倒を見ていたのだという。

「近いって言えば近いけど、私より二歳年上で、頼り甲斐のある兄貴っぽいひとだったんだ。はじめのうちこそ、私が面倒見てたのが、だんだんと会社の愚痴とか、人生についての悩みなどを聞いてもらうようになった」

千葉課長は口をつぐんだ。どうしたのだろう。表情が曇っている。といって機嫌を損ねたのではないようだ。そしてちびちび舐めるように呑んでいたミヨコ・デラックスを、一気に呑み干してしまった。

「登くん。きみは私が嫌いだろ」

「いえ、そんな」

「無理しなくていい。私は入社以来、社内では嫌われつづけている。それについて林さんに相談したこともあった。そしたら林さんはこう言ったんだ。きみは自分が間違ったことをしていると、思っているのかいってな。すぐに否定したね。私は間違ってなんかいないと。すだったらいいじゃないか。それで嫌われようとどうしようと気にすることはない。いつか必ず、おまえの努力が報われる日がくるると」

林さんはそう言ったのだという。

「その日から私は悩まなくなったよ。どれだけ嫌われようともかまわない。私は会社のためを思って、働いている。なにも恥じることはない。それが私の役目なんだ。ただ、まあ」千葉課長は自嘲気味に言う。「なかなか報われる日はこないがな。それでも私は林さんの言葉を心の支えとして生きている」

「ウチの会社にはいま、林さんって方はいらっしゃいませんよね。おやめになられたんですか」

「私と高尾山にのぼった翌年に、看護師のカノジョとのあいだに子どもができてね。結婚する運びになったんだが」

千葉課長がふたたび口をつぐむ。登は先を促すことなく、よりいっそう陰鬱になったその顔を見つめていた。やがて課長はぽつりと言った。

「死んじまったんだ」

え？

「それも故郷で挙式をあげる前日にだぞ。信じられるか」千葉課長は洟《はな》を啜《すす》った。「夜中に山道を走っていて、カーブを曲がりきれずに崖から落ちちまったそうだ」

そんな。

「きみはどうだ。登くん。自分がしていることは間違っているかどうか、考えて仕事をしているかね」

「それはその」

千葉課長や先輩諸氏に言われるがまま、働いているだけだ。間違っているかどうかなんて、考えたこともない。

「おっと、いけない」千葉課長は、痒いところが掻けない表情になっている。笑顔なのだ。でもいまはそうキモくなかった。「会社や仕事の話は御法度だったのにな。またしてしまった」

「林さんのカノジョという方は」

「八王子で芸者をしてて、ウチの女房とは時折、連絡を取りあっている」

八王子に芸者がいるのか。初耳だ。

「さてと。昼飯にするか」

「あ、はい」

「私は道具を洗ってくる」

「手伝いますよ」

「いや、いい」

千葉課長はまた洟を啜っている。目が赤いのはミヨコ・デラックスのせいばかりではないだろう。

「じゃ、お任せします」少し間を空けてから、登はこう付け足した。「総統」

登はその場で待つことにした。手持ち無沙汰なので、スマートフォンをポケットからだす。ラインもメールもきていない。時刻は十一時四十五分だ。さる園や薬王院などに寄って、写真を撮っていたせいで、高尾山口駅をでてからかれこれ三時間以上だ。

亜美はバイト先のカフェへむかっているところか。徒歩で十分ほどの距離だ。それともまだアパートで支度中か。

なんにせよ、登は自分と千葉課長とのツーショットを、亜美へ送ることにした。天狗をあいだに挟んで、下からのアングルで撮影したモノを選び、ラインで送信する。ものの十秒もしないうちに返信があった。

『チバ☆ブラザーズ結成、おめでとうございます』

解説　運動会が明かす会社の人々

津村記久子

私事で申し訳ないのだけれども、十年半勤めた会社をやめてフリーランスになり、二年半が経過した。いいことも悪いこともある。通勤の煩わしさから解放されたものの、外出といえば近所を散歩と買い物で歩き回るだけの日々には物足りなさを感じるし、睡眠時間を増やせることは本当に良かったとはいえ、「会社に行く」という毎日の楔《くさび》のない日常の時間割の乱れは酸鼻《さんび》を極める。会社やめてクズになったな自分、とつくづく思う。

話し相手もいないので、独り言が増えた。それはそれで頭の整理になる部分があるので悪いことばかりでもないのだが、それ以上に、何を言い出すかわからない相手と、ときどきは話したいと思う。それはわたしにとって、長年のスパーリングパートナーのような気心の知れた友人や、コミュニケーションをとることが仕事の一つであるため基本的にはこちらに話を合わせてくれようとする編集担当さんのような存在ではなく、普段は仕事の関わりがあるだけの、会社のおじさんのような人たちだ。エレベーターや給湯室で一緒になった時、まるで道端の猫にでもかまうように、ごくたまに彼らが話しかけてくる話の内容は、一つ一つがわたしの頭の中に強烈に興味深いこととして残っている。そんなこと考えてはったんですか、と。また、納会や歓送迎会で、半年に一度ほど彼らと食事をする際に見せる、仕事とは関わりのない素の顔のようなものが、わたしにはとてもおもしろかった。仕事をしている時と同じように横柄で高圧的な人もいたけれども（仕事もプライベートも態度が同じ人は、基本的に横柄だと思う）、たいていは、ただの年上のおじさんに戻って、若輩者のわたしにああだこうだと忌憚のない話をしてくれた。

今はそのことが、懐かしくてたまらなくなるときがある。だからわたしには、それらの見本市のような本書が、とてもいとおしかった。でも、わたしのような経験のない人にも、山本幸久さんのこの小説は、他者という生き物が、その外面からは計り知れないながら、確かにいろいろなことを考えて、おもしろがって、悩んで生きているんだということを軽やかに教えてくれるはずだ。

五反田に本社、八王子に工場がある、カキツバタ文具株式会社というおよそ一五〇名を擁する会社が、運動会をすることになる。前述の文章では、会社生活を懐かしがるような素振りを見せたものの、基本的には出勤がつらくて仕方がなかったわたしからしたら、もう会社の運動会なんて、死にたくなるようなイベントである。休みは潰れるし、普段の仕事を大幅に上回る感情労働の連続が予想される。カキツバタ文具の社員たちの中にも、運動会をわずらわしく感じる者が相当数いるのだけれども、これが、始まってみたらみんな一所懸命なのである。「主な登場人物」のページには、二十名の社員とその家族が紹介され、運動会の進行の中で、彼らそれぞれの事情が、彼ら自身と、それを取り巻く他の人物の視点を通して、明らかにされていく。運動会の一日を描きながら、小説は、彼らの来し方を語り、これからへと拡散する。

たとえば、「ワタナベ」という姓の読み方で共通する四人のワタナベ一族のうちの総務部庶務課の亘鍋三十六歳は、数年前に企画した商品が失敗に終わり、会社員生活を拗ねることを改められないまま、運動会に来ている。商品管理部の渡辺は、その亘鍋が食ってかかったことがあるという、伝説的に優秀な元社員を妻に持ち、そのことにたまに釈然としないものを感じているようだ。営業一課の額賀は女好きで、社長秘書の富田とできていたが別れ、今は義父からの圧力に疲弊している。でもその額賀の一家は、五歳の娘とのちょっとしたぎくしゃくを気に病む八王子の生産部の広川の目にはとても仲が良くうらやましいものに映る。広川は、渡辺の妻である夏海に逆らってかかと落としを食らったことがあるのだが、会社では敵なしという具合に重宝されていた夏海も、主婦となって町おこしプロジェクトに協力する今は、会社にいた頃ほどの充実は感じられないでいる。かように彼らは少しずつつながっていて、しかもこれまでの記述は、会社の中の関係のほんの一例にすぎない。

特筆すべきは、ただがんばって働いてきましたというだけではない彼らの抱える悩みや喜びが、運動会という、社員の立場をリセットしてしまうような希有なイベントを通して、それぞれに同じ比重で描かれているということにある。意外な一面と一言で丸めるのならそれまでだけれども、それ以上の、彼らが生きてきたことの当たり前の奥深さが垣間見られる。

そうやってじょじょに登場人物たちに湧いてくる敬意のようなものは、現実の人間関係にもつながるものでもあるように思える。

一人一人のおもしろさについて書いていくときりがないのでよすけれども、わたしはとにかく、四人のワタナベで構成されるワタナベ一族が本当に大好きだった。妻の夏海は来るのかということばかりたずねられるので、やけになったのかクーラーボックスごとビールを盗み出す渡辺、そのビールでべろべろに酔っぱらって嘔吐し、禁煙していたのに「ひさしぶりにゲロ吐いたら、吸いたくなっちゃってね」なんていうことをスマートに言う五十二歳渡部、酔っぱらって大玉転がしのスタート地点で眠りこけてしまう、中学生にしか見えない二十三歳の綿辺、ブブゼラを吹けない綿辺に、自分はトランペットをやっていたと明かして上手に吹いてみせる亘鍋。ビールの入ったクーラーボックスが手元にあるせいで、午前中からアホみたいに酔っぱらい、周囲に迷惑をかけまくるワタナベ一族が登場する部分は、もうずっと読んでいたかった。興味深いのは、ワタナベ一族がビールを盗み出したことがばれた時に、四人ともがふだんはそんなことをしそうじゃない人たちなのに、という評価を受けていることである。この運動会という不思議な磁場が持つうっかりさかげんというか、人を剝き出しにしてしまう様子には、幸福感のようなものさえ漂っている。三人一組で出場する大玉転がしに四人で参加するとあくまで言い張る渡部、それを咎める新卒の西本を「こまかいと女の子にもてない」と冷やかす綿辺、「綿辺さんに嫌われたって、痛くもかゆくもありません」と言い返す西本を攻撃する渡部、という場面などは、あまりにもおかしくて楽しくて、何度も読み返してしまう。他にも、営業一課所属の泣き虫三好の恋の行方と、彼が騎馬戦に出場した際の応援の文句（「イケイケ、三好っ。泣き虫三好。泣いたら挟んで捨てちまうぞ」というもの）には、心を打たれたし、広川とその娘の恵が、運動会を通じて距離を縮めてゆくさまには、誰もがほっと心温まるものを感じられると思う。

ラストはすばらしい。作品を通して、いやらしくもどこかこっけいなヒールを貫く、総務部人事課所属でヅラの千葉課長に関して、運動会を企画し、そのヅラをはいでやろうと画策している武藤（総務部庶務課）は以下のように思う。「おれはこのひとが嫌いだ。だけどおれは、このひとのことをどれだけ知っているというのだろう」。少し泣いた。お読みいただいたらおわかりになると思うのだけれども、表面上はとてもそんな情動を狙ったものではないようなことが行われるのだが、この物語の文脈上でその出来事は、何度も言及される「嘘っぽく晴れ渡った青空」のように突き抜けてゆく。あまりにもすがすがしく。

他人とは何者か。彼らは、人が理解したいと当然願う、家族や友人や恋人などの近しい人たちに負けず劣らず奥深い人生と世界を持っている。それを垣間見た時に自然に湧き上がる喜びのようなものが、この作品には横溢している。とても幸せな小説を、自分は読んだ気がする。

（つむら・きくこ　作家）

ちくま文庫

パパは今日《きょう》、運動会《うんどうかい》

二〇一五年二月十日　第一刷発行

著　者　山本幸久（やまもと・ゆきひさ）

発行者　熊沢敏之
発行所　株式会社　筑摩書房
東京都台東区蔵前二―五―三　〒一一一―八七五五
振替〇〇一六〇―八―四一二三
装幀者　安野光雅
印刷所　三松堂印刷株式会社
製本所　三松堂印刷株式会社

ISBN978-4-480-43240-7 C0193